Medianoche en Lisboa

Pablo Poveda

ISBN-13: 978-1981214969
ISBN-10: 1981214968

Diseño de portada digital y formato físico por Pedro Tarancón

"Es probable que comenzara con la poesía; casi todo comienza en ella."
—*Raymond Chandler.*

A ti, por leerme y hacerlo siempre posible, gracias.

1

Sólo junto al agua podía sentir lo pequeños que éramos en esta vida. Sólo junto al agua podía apreciar que no era más, ni mejor, que las gaviotas que sobrevolaban mi cabeza. Allí, frente al final del río Tajo y bajo la estatua del antiguo monarca José I de Portugal, montado a caballo y con la punta de su espada apuntando a mi cabeza, me encontré rodeado de turistas despistados y carteristas ávidos en la histórica y espléndida praça do Comércio, una bella y cuidada explanada cuadrangular bordeada de edificios con fachadas amarillas de amplios ventanales, columnas arqueadas, tejados de color rojizo y un gran arco al otro lado del monumento, que daba paso al entresijo de calles empinadas que daban vida al casco viejo de la capital. El taxista, un hombre despeinado de poca conversación y al volante de un viejo Mercedes de color vainilla, como muchos de los que circulaban por allí, me llevó hasta la Pousada de Lisboa, el céntrico hotel que habían reservado para mi visita y que se ubicaba tras una de aquellas fachadas llamativas. Al parecer, un lugar histórico reformado y apto para quienes tenían el bolsillo holgado. Después de dejar mi ligero equipaje y observar que no había nadie esperándome en la habitación, salí a cruzarme con el destino.

Sin saber muy bien cómo y tras un largo paseo, la intuición periodística me arrastró hasta la barra del Palácio Chiado, un distinguido edificio del siglo XVIII, de salones centenarios, decoración aristócrata y por el que habían pasado todos los vividores de la historia. Aunque no me consideraba un personaje de la élite, no pude resistirme a cruzar la alfombra roja cuando escuché *Filidia* de Coltrane interpretado por una banda de jazz que actuaba en el interior. Ante mí, una enorme entrada principal convertida en bar y comedor, donde los invitados tomaban cócteles y charlaban. Al fondo, mis ojos se cruzaron con los de la saxofonista de la banda, una chica de tez oscura y cabello negro como el carbón que movía los dedos con una soltura angelical. Le esbocé una sonrisa, pero ni siquiera estaba seguro de que era a mí a quien miraba. La música llenaba el palacio y las escaleras de mármol subían hasta una primera planta. Seguí el ritmo de las notas y me escabullí curioso con el fin de sacar partido de mi experiencia. Cuando alcancé el piso superior, encontré la figura de un monstruoso león con alas que colgaba de la cúpula del palacio. De color rosáceo, la sala estaba ocupada por mesas de color madera y una entrada daba paso a otro comedor con vistas al balcón. Bajo el felino encontré una barra, a dos camareros jóvenes, un chico y una chica, y di por finalizado mi periplo por el lugar. Hipnotizado por las notas del maestro, me acerqué a la barra y, sin mirar a la carta, pedí en inglés un combinado de ginebra con tónica. La chica sonrió, yo forcé el hoyuelo que salía de mi mejilla derecha y nuestro amor se desvaneció tan pronto como hube pagado mi consumición.

Me fijé en el lugar, en sus visitantes y en quienes rondaban por allí: mujeres, hombres, parejas de jóvenes, de adultos, niños… Todos bien vestidos, todos ocultos bajo sus máscaras de bienestar y vidas plenas. Todos con el teléfono entre sus manos, incapaces de disfrutar de las piezas musicales que una panda de locos talentosos habían dejado para la posteridad. Sin más ánimo que el de gozar de la compañía de mi brebaje, una dulce rubia, de posible origen escandinavo, cruzó un pestañeo conmigo. Esta vez, estaba seguro de que era a mí a quién observaba. Sonreí y alcé mi copa sin más pretensión que la de ser amable. Ella me devolvió la mueca y caminó hasta una de las mesas. Iba junto a dos chicas y un chico. Él parecía portugués o de origen mediterráneo. Ellas no eran de allí, no había más que verlas. A veces, me preguntaba qué había al otro lado de las fronteras cuando observaba la mirada de los turistas, sorprendidos por cualquier cosa y en cualquier lugar. En ocasiones, envidiaba esa sensación ya que, siendo tan joven, había perdido el interés por lo novedoso. Las chicas se sentaron, un camarero las atendió y apoyado en la barra disfruté del concierto y de sus ojos cuando avisté la entrada de un joven. Yo, que era el primero al que todos verían al subir las escaleras, percibí algo extraño en su forma de actuar. Era apuesto, más alto que yo e iba bien peinado y vestido, enfundado en un traje de color gris a rayas, camisa blanca y zapatos de color burdeos. Con esa barba de varios días, que todos los hombres se habían puesto de acuerdo para lucir al mismo tiempo, y un ademán seductor, se abrochó el primer botón de la chaqueta mientras sus ojos se dirigían al bolso de la chica.

Curioso, cavilé qué haría. Decidí dejarme los prejuicios fuera, ya que estaba al otro lado de la frontera. El chico se dio cuenta de que lo estaba vigilando y caminó hasta el salón fingiendo que buscaba a alguien. Tal vez fuesen cosas mías, que el cóctel se me hubiera subido a la cabeza demasiado rápido, quise pensar. Así que me di la vuelta con el fin de olvidarme de aquello. Con los ojos puestos en el grifo de cerveza plateado, vi de nuevo su silueta. El chico alargó la mano al pasar junto a la mesa, sacó el monedero de la chica y se lo echó al bolsillo.

Lo que más me fastidiaba de aquello, era que no terminaría de escuchar el concierto.

De repente, me giré y lo encontré con los ojos.

—¡Eh! —Grité y señalé con el dedo. Nada más verme, salió disparado como un perdigón por las escaleras, echando a la gente a un lado. Fui tras él peldaños abajo empujando al público y derramando sus copas al grito de disculpa. Al llegar al salón, los guardias de seguridad ya se habían puesto en marcha hacia mí, pero no quedaba rastro del tipo. Miré hacia un lado y hacia otro. Los músicos parecían malhumorados y todos me señalaban con el dedo. Por el rabillo del ojo, atisbé a una gacela humana bajo uno de los arcos que conectaban los salones. Corrí a zancadas en sentido contrario y me situé en la esquina. Cuando un hombre corpulento con un pinganillo en el brazo estaba a punto de detenerme, le hice una señal de silencio con el índice y se quedó de piedra. Acto seguido, escuché los pasos del ladrón, su respiración, parecía agotado e intentaba relajarse. Cuando noté la punta de su zapato cruzar el umbral de la esquina, lo sorprendí con un puñetazo en la boca del estómago. Sin apenas derrumbarse, me devolvió un mandoble en el pómulo, se escuchó un gemido y el grandullón se abalanzó sobre nosotros.

—¡Es un ladrón! ¡*Ladrão*! —Exclamé con las manos en alto, ahogándome paralizado y mezclando la astucia con mi escasa noción del idioma vecino. Antes de que me asfixiara, señalé al ladrón antes de que se complicara la situación. El grandullón no tardó en echar mano a su ropa. En el bolsillo de la chaqueta, el chico llevaba un teléfono móvil y el fino monedero de la hermosa rubia.

Minutos después, cuando todo estaba resuelto, aguantaba un cubito de hielo en una bolsa de plástico sobre mi rostro. La policía se había hecho cargo del delincuente que, al parecer, no era la primera vez que actuaba por allí. El pillaje y las ganas de aprovecharse de los despistes ajenos. No importaba dónde estuvieras, que nunca te librarías de ellos. Tras una disculpa y una copa en la barra a cuenta del local, todo el mundo regresó a la normalidad, la música volvió a sonar y yo me sentí realizado. No sé muy bien por qué lo hice. Puede que la vida llamara a mi puerta, que lo estuviera haciendo tanto tiempo que me había hartado de ignorar sus golpes. De cualquier modo, había hecho lo correcto y eso era lo que importaba en esa situación. Alguien dijo una vez que el fin justifica los medios, pero no siempre estaba de acuerdo con esa frase. Como recompensa, frente a mí aparecieron los ojos azules de aquella doncella del norte con cabello rubio y vestido rojo.

—Ha sido muy valiente, gracias —dijo ofreciéndome su mano con sus acompañantes detrás—. Mi nombre es Elina.

—¿Sueca?

—Finlandesa —dijo y mi cuerpo tembló. Tuve un mal presentimiento de todo aquello—. ¿Cuál es el tuyo?

—Gabriel —respondí y solté su mano. Comencé a sudar nervioso. Sólo pensaba en terminar la copa y largarme de allí. Pensé que quizá mi malestar se debiera a causa del golpe que me habían dado—. Gabriel Caballero.

—¿Cómo puedo agradecerte el favor, Gabriel? —Preguntó distante aunque amable bajo una gesto cargado y vacío de intenciones al mismo tiempo. Sus ojos eran azules como el Tajo y me llevaban a una infinidad de ideas imposibles de realizar. En cuestión de segundos, olí el champú de su pelo y me imaginé los derroteros del peligro. Di un trago largo, vacié el vaso y lo puse sobre la barra.

—Lo siento, no puedes.

Y pensé en ella. Eso fue lo único que me salvó.

Pronto comencé a entender que la vida era como un tiovivo de subidas y bajadas, de ciclos intermitentes y de pasajes que se repetían una y otra vez, sabiendo que ya había estado allí, como quien lee un libro por segunda vez; disfrutando la vista con otro filtro, viendo las fachadas de los edificios desde otro perfil. Y, un día, sin más, cuando creías entender cómo funcionaba aquello, alguien tocaba la campana y te obligaba a apearte para dar paso a los nuevos. Sin embargo, a diferencia del tiovivo, al carrusel de la vida sólo se podía subir una vez.

El Lorenzo golpeaba con fuerza contra los cristales de mis gafas de sol. Allí, en el barrio de Chiado, bajo el esplendor de un sol brillante y un cielo raso, un Luís de Camões de bronce, fiel a su imagen y junto a su espada, dominaba la plaza portuguesa que llevaba su nombre. Sin compañía y con un *Negroni* en la mano para hacer frente al frenesí que acompañaba a la capital lusa, me encontraba cómodo en un viaje atípico pero agradable. El asunto no había empezado mal del todo. Mi última novela, de la cual no había vendido demasiado, había sido finalista en la final de un certamen literario en Lisboa. Viajar hasta allí me sentiría bien. En cierto modo, lo necesitaba. Apenas había transcurrido un año desde los macabros sucesos en Elche. Poco a poco, la vida volvía a la normalidad, pero a mí me costaba conciliar el sueño. La cara de aquel joven, David Miralles, seguía apareciéndose durante mis pesadillas. Lo había intentado todo: Soledad, Coltrane, los ansiolíticos... pero nada funcionaba. Después, con el tiempo, me di cuenta de que había interpretado mal las señales. Mi problema no era la presencia de ese perturbado sino las excusas que ponía para sentarme frente a la página en blanco. Una verdad a medias por la que empezaré a contar, dejando la otra mitad, para más tarde.

Tan pronto como decidí plantarle cara al asunto, no tardé más de unos meses en darle cera al primer borrador del manuscrito. Estaba inspirado, me sentía pletórico, cargado de las palabras perfectas para volver a esa experiencia maldita. Supuse que sería la continuación de mi carrera, el bofetón a las reprimendas de mi agente editorial y la razón para pasar, un año más, de vacaciones con el cinturón holgado. La historia se repetía. Unas llamadas a Sempere, el abogado fanático de su ciudad, y la colaboración de Soledad, que seguía trabajando en la comisaría ilicitana, fueron suficientes para montar una novela negra sobre un asesino local. Prácticamente, no hice más que devolver lo vivido, como una mala digestión de recuerdos de mi puño y letra, para convertirlo, nuevamente, en un tomo apilado y lleno de polvo en las estaciones de trenes y aeropuertos.

Como siempre, entre página y página, los personajes de mi entorno real desaparecieron. Todos excepto ella: Soledad. Lo que había comenzado como un romance de verano, se convirtió en algo más serio. Puede que estuviese preparado para empezar una relación. No lo sé. Nunca lo he sabido. Ni con Soledad, ni con Blanca, ni tampoco con Patricia. Nunca se está preparado para esas cosas, pero el contacto frecuente genera vínculos entre las personas que dan pie a suposiciones, a cepillos de dientes en tu apartamento, a noches que se convierten en mañanas y, finalmente, un día despiertas y te han cambiado la cerveza por una bebida energética. Pero así era la vida. Como personas, estamos preparados y dispuestos para ello, para el cambio y para dejarnos cambiar, para querer y para que nos quieran, aunque sea un poquito, y yo lo necesitaba bastante.

El trabajo de Soledad me permitió encontrar mi espacio sin que ella cruzara las líneas rojas que lo marcaban. Dejé a un lado la bebida y a las malas compañías, aunque nunca cesé de deambular como un perro sin amo por las calles de la ciudad. Era un lobo solitario, de siempre. Me asustaba el compromiso por defecto, la necesidad de etiquetar las cosas de otra manera, porque vivíamos un momento lleno de cláusulas, libertades y permisos. Aborrecía todo aquello y Soledad parecía pensar igual. El único temor era que cambiase de idea.

Nuestra relación fue aflorando con lentitud. Durante

nuestro viaje por la República Checa, ella me había transmitido sus deseos de formar una familia en un futuro y llevar una vida como el resto de parejas. Deseos que no eran los míos, pero que, tarde o temprano, si todo seguía así, terminarían siéndolo, por mucho rechazo que me produjeran. Al principio, tanto ella como yo, no hacíamos más que evitar las preguntas que rondaban por nuestras cabezas. Era lo más lógico y lo más práctico para evitar conversaciones que terminarían en un acantilado, aunque no hacía falta ser muy inteligente para entender la incertidumbre de nuestras miradas. No nos conocíamos lo suficiente, pensaba yo, aunque desconocía cuanto tiempo se necesitaba para casarse con alguien. Al final, las personas cambian y toman direcciones en su día a día. Yo era el primero, así que no me quedaba más remedio que vivir bajo la certeza de mi instinto. Cada jornada, bajo las sábanas y alumbrados por la luz de la calle, estábamos a punto de naufragar. Así que, como Leonardo DiCaprio y Kate Winslet, nos acurrucábamos con fuerza escuchando los latidos de nuestros corazones.

Entonces, una mañana fresca de junio, los rayos entraban por la ventana y Soledad, la chica morena, de ahora melena larga, me despertó con el suave tacto de sus manos y la pistola guardada en el cinto.

—Hola, mi amor —dijo mirándome con sus ojos de chocolate. Ella estaba sentada junto a mí, a medio vestir, con la camiseta interior ceñida marcando esa figura delgada pero trabajada y que tanto me gustaba. Yo tenía el pelo alborotado como una fregona vieja y hacía un esfuerzo por entender lo que intentaba decirme. Agarré las monturas y la miré desde abajo.

—¿Qué ocurre? —Pregunté confundido—. ¿No vas a trabajar hoy?

Estúpido de mí, me esperaba lo peor.

—Sí —respondió con una sonrisa—. Estoy a punto de irme.

—¿Va todo bien?

8

—Sí, claro —respondió. Su sonrisa parecía estática—. He estado pensando, Gabri.

Las conversaciones de pareja antes o después de que se pusiera el sol, era como jugar al ajedrez contra alguien que no había visto un tablero en su vida, y, en esa ocasión, esa persona era yo.

—Te escucho, Sol… —contesté sujetando su mano. Las sensaciones eran buenas, incluso a esas horas.

—Quiero vivir contigo —dijo y puso las cartas sobre el tapete. Así, sin más, con un arma bajo la axila por si tenía que llenarme el torso de plomo allí mismo. Pero ella no era así. Yo lo sabía. Por primera vez, a pesar de su carácter y la actitud distante de una mujer que se había ganado el respeto en un mundo de hombres, era consciente de que ella era diferente, por muy tópico que sonara. Puede que tuviera aquello que había buscado donde no debía. No siempre los tesoros se encuentran donde la cruz indica en el mapa.

—Ya lo hacemos.

—Oficialmente, digo…

Noté su voz resquebrajarse, pero no iba a dejar que eso sucediera. Me incorporé, la abracé y rocé su oreja con mis labios.

Sentí los latidos de su corazón. Era un gran paso. Algo desconocido. Estaba casi tan nerviosa como yo.

—Anda, llama a tu casero y dile que se busque a otra inquilina.

La razón por la que me encontraba en Lisboa solo, sin Soledad a mi lado, era únicamente laboral, al menos, hablando de forma legal. Gracias a la resolución del certamen y nuestra particular agenda, tuve la oportunidad de llegar a la ciudad una noche antes que ella. Así, de ese modo, tendría tiempo suficiente para ir a mi aire y husmear por los rincones sórdidos de la ciudad sin meterme en problemas. Con ella, no habría sido lo mismo, ya que era incapaz de dejar a un lado su instinto legal, un detalle que me proporcionaba seguridad aunque volvía mis jornadas ligeramente monótonas.

Lisboa se había convertido en una ciudad atractiva para el turismo español por sus precios y cercanía y para los europeos que buscaban un poco de sol y algo más que jamón serrano, vocerío y tortilla de patatas. Abierto a las maravillas de los locales, caminé unos metros por el cultural Chiado hasta llegar a la famosa escultura de Pessoa, una estatua de bronce del busto sentado en una mesa junto a uno de los locales más famosos de la capital: el café A Brasileira, emblemático lugar de reunión de intelectuales y punto de encuentro para los más avispados entre tanto turista curioso. Bajo mis gafas de sol y el semblante de Pessoa inerte y clavado en la boca de metro que había a escasos metros, me pregunté si algún día harían eso por mí en mi tierra. Si algún alcalde, con amor a las letras, mandaría a esculpir mi cara en un busto de bronce.

Lo dudé, pero no me importó en absoluto.

Era a lo que cualquier escritor aspiraba: su nombre en el de una calle, un monumento, un busto, un himno.

Después contemplé aquel cuadro de gente que entraba y salía del café, con la certeza de que no se habían leído ni un verso del portugués. Una vez enterrado, para eso quedaban todos, para un busto de bronce.

Allí, petrificado casi como el poeta luso, sentí una mano

que me apretó el brazo desde atrás. En un primer instante, pensé que era uno de esos locos ladrones y tensé el bíceps. Entonces, escuché una voz.

—¿Caballero? —Dijo con una pronunciación aguda y misteriosa, lejos de ser española—. ¿Gabriel Caballero?

2

Entre la muchedumbre y el bullicio del mediodía, un hombre esbelto de cabello corto, castaño como una avellana y peinado hacia atrás con brillantina, me miraba con atención. Lucía un bigote frondoso, un traje entallado propio de los años veinte y unas gafas redondas que lo hacían único y reconocible. Ante mí tenía a Jean-Luc Moreau, un escritor francés de Lyon afincado en París y que se llevaba la medalla de oro de *bon vivant* contemporáneo. Era la primera vez que nos conocíamos en persona y estábamos allí por lo mismo: disputar un premio, pasar unos días a gastos pagados y probar todo el vino portugués que nos dejaran. Aunque su obra era diferente a la mía, teníamos gustos parecidos relacionados con el buen comer, el buen beber y el jazz de los cincuenta. De mirada cálida y seductora, con una cicatriz que caía como una lágrima en el párpado de su ojo derecho, no tardé en conectar con esa mentira que todos los engañadores tienen tras las pupilas: Moreau era un borracho reconocido.

—*Oui* —dije en un francés de folleto—. *Je suis*.

El lionés sonrió y me estrechó la mano.

—¡Gabriel Caballero! —Exclamó de nuevo dándome palmadas en el antebrazo. Empezaba a sonar contundente—. ¡Tenía ganas de conocerte!

Para mi sorpresa, su español era mejor que mi francés.

—Lo mismo digo —respondí con una sonrisa—. Soy un gran admirador de tu obra.

Por supuesto, un hombre de fama internacional como él, que jugaba en las grandes ligas, nunca estaba solo. Una mujer de cabello oscuro, como la mayoría de las que caminaban por allí, y con la figura de una modelo de pasarela, se acercó al francés y lo agarró por el hombro.

—Bruna, te presento a Gabriel Caballero... —dijo el hombre extendiendo el brazo. Me acerqué a ella y no tardó en clavar el codo en su costillar como un maniquí, evitando así que le besara la mano.

—Un placer, señorita...

—Pereira.

—Vaya, como el protagonista de esa película italiana... —dije y la mujer me miró sin expresar mueca. Después comprobé sus manos. Entendí que no estaban casados.

—Bruna es mi asistenta y traductora —explicó Jean-Luc—. El portugués no se me da tan bien al escucharlo...

—¿Por qué yo no tengo traductora? —Pregunté bromeando—. Tampoco sé mucho de idiomas...

—Moreau sólo hay uno —interrumpió la mujer—, señor Caballero.

—Será que el tópico hacia los vecinos es cierto... —dije con resentimiento.

Moreau parecía nervioso. La conversación estaba tensando la situación. Me agarró de nuevo por el antebrazo a modo de cercanía.

—Gabriel —comentó acercándose a mi oreja—, nos veremos más tarde, los dos... Ya me entiendes.

—Descuida —repliqué quitándole hierro al momento—, es que ya he empezado a beber.

El francés rio y caminó hacia la vía por donde pasaban los coches. La señorita Pereira, casi más alta que él, vestida con unos pantalones de tela que marcaban sus atributos traseros, me lanzó una mirada infernal. Como respuesta, fingí con mímica que una flecha me atravesaba el corazón, pero tampoco le hizo gracia. Un taxi de color vainilla se detuvo entre bocinazos de coches y el alarido de los viandantes. El francés y la portuguesa se metieron dentro del vehículo y desaparecieron cuesta arriba.

Seguí la estela de ese taxi como quien sigue el aleteo de una mariposa. Sin rumbo ni ganas de regresar al hotel, crucé la calle y caminé por la rua de Loreto, dejando atrás a los viejos tranvías blancos y amarillos cargados de viajeros que subían al mirador. Las calles se empinaban y debía caminar con cuidado, pues los adoquines hacían resbalar mis zapatos. Con intenciones de dar bocado, miré alrededor y encontré calles que subían hacia el Bairro Alto y otras que bajaban hacia Dios sabe dónde. En la distancia corta, contemplé una vitrina de cristal. Era un restaurante de pescados y marisco. El agujero de mis tripas se convirtió en un túnel y es que, Lisboa, era un gran lugar para saborear los manjares del océano. Me detuve ante el escaparate, decorado por botellas de champaña, básculas de lonja y figuras marinas. Sin dudarlo, crucé la puerta de cristal y encontré un lugar acogedor aunque ruidoso. Me sentí como en casa. Las paredes de falso ladrillo, pintadas de blanco y contrastadas con la decoración azul, me recordaba todo a esas estampas de la costa sureña española. Una barra alargada, dos camareros que trabajaban sin pausa y un montón de comensales a la espera de su mesa. Si bien, todavía no me había acostumbrado a los bares de moda, el dinero me había acercado a los lugares de buen paladar y aquel era uno de ellos. Al fondo, se podía ver una gran nevera de pescados y mariscos frescos. Me detuve en la recepción y una chica más joven que yo, y con una sonrisa perfecta, me pidió que esperara. El lugar estaba lleno de parejas de mediana edad que comían en función de sus estómagos y cuentas corrientes. Sin duda, pensé en Soledad. Era un buen restaurante para llevarla, aunque no tuviéramos demasiada intimidad. Minutos más tarde, sostenía una copa de vino. Le había pedido un lugar en la barra puesto que no iba a precisar de compañía. Extrañada, me invitó a sentarme en un lugar que había quedado vacío. Lo tomé como un elogio. Sin más dilación, eché un vistazo a la carta, pedí pulpo con patatas y acelgas, navajas y un poquito de gamba roja. Mientras esperaba vaciando mi copa de vino, agarré un ejemplar del Diário de Notícias, una de las gacetas locales de renombre, y pasé las páginas sin interés ninguno hasta que encontré un titular y una foto. Aunque estuviera en portugués, no era complicado entender su contenido. La noticia anunciaba la celebración del Lisboa Preto, el nuevo concurso literario a nivel europeo que buscaba reunir a las promesas contemporáneas de la novela negra. Como solía suceder en este tipo de certámenes, los organizadores se las apañaban para contar con financiación estatal a cambio de popularidad y prestigio para la ciudad y el continente. Europa seguía buscando esa unidad tan difícil de encontrar en los ciudadanos. Algunos pensaban que, a través de la cultura, lograrían despertar un sentimiento que cojeaba. Dado que muchas obras, entre ellas la mía, habían sido traducidas, las posibilidades de que un escritor de otro lugar estuviera en la final eran amplias. Sin embargo, seguía sin entender cómo mi libro había terminado allí. Imaginé que, por ello, alguien habría terminado envenenado.

Si cinco éramos los finalistas, en la foto aparecían dos de ellos. A la izquierda, una mujer de rostro joven, tez pálida, ojos café y melena corta: Sabrina Moretti, una escritora romana famosa por sus relatos cargados de oscuridad y por haberse ganado el nombre de la nueva Agatha Christie italiana. Cabe mencionar que estaba casada con un millonario italiano al que todos relacionaban con la mafia pero, ya se sabía, era el cliché más repetido de la historia. Sabrina tenía un semblante interesante. Me pregunté cómo sería su voz. A su lado, Nuno Barbosa, el Paul Auster luso, de párpados caídos, cabello canoso y pómulos oscuros. Un hombre con un gesto apenado pero viril, como salido de un fado tras haber estrangulado a alguien. También un desconocido ante mis ojos, pero no para mis oídos. Soledad era una gran lectora de su prosa y eso nos convertía en directos competidores. Me fijé en ellos, en los labios carnosos de la italiana y leí la noticia por encima hasta que di con mi nombre, el cual no se repetía en más de una frase. Finalmente, quedaba Jack White, un inglés alopécico del que no había foto pero al que conocía por sus libros y por una turbia historia de asesinato en su historial. Muchos eran los rumores que alimentaban la figura de aquel británico, original de Manchester, mayor que todos los candidatos y con cierto magnetismo para las trifulcas. Jack White, el escritor maldito, el Bukowski de entonces, el inglés que se emborrachaba cada verano en Benidorm mientras escribía una novela. Las malas lenguas decían que había estrangulado a una persona con sus propias manos, al parecer, un hombre de mediana edad que había intentado asaltarle a media noche. La sentencia había sido otra, dejando a White inocente y dictando que el fallecimiento había sido producido por una parada cardíaca natural. Sin embargo, la niebla engrandecía la leyenda.

Aunque no me había leído ninguna de las novelas presentadas, todas las críticas apuntaban a que el ganador de aquella primera edición sería Jean-Luc Moreau o Nuno Barbosa. Era lo normal en aquel tipo de saraos. En cuanto a mí, lo único que me importaba era hincarle el diente a ese pulpo costero que tanto tardaba en llegar. El camarero pareció leerme las ideas y no tardó en servir un suculento plato tal y como lo había imaginado. Un manjar en toda regla que no tardé en aliñar con otra copa de vino. A medida que saboreaba el marisco y llenaba las tripas, me fijé en un hombre que había sentado en una de las mesas. Iba acompañado de una mujer de cabello rubio y piel lechosa que no cesaba de reír y de otro hombre con sobrepeso y de aspecto local. Era excéntrico, tenía las pupilas vacías y contaba una historia de la que sólo podía percibir su intensidad reflejada en las pupilas. No tardé en reconocer al quinto candidato, el que faltaba en la foto. Jack White, tan lejos, tan cerca. Como lector, me moría de ganas por preguntarle muchas cosas, en especial, lo de esa noche fatídica. Como escritor, debía mantener las distancias. Era la única forma de que no te pisaran en el gremio.

—¿Todo en orden, señor? —Preguntó el camarero con educación. Miré de nuevo a la mesa, el inglés no dejaba de beber—. ¿Desea algo más?

—¿Es ese hombre alguien a quien conozcas? —Pregunté señalando al escritor. El camarero me miró confundido.

—¿Lo es usted?

—Buena respuesta —dije y sonreí. No entendí su intención, pero no le faltaba razón. Los escritores éramos un grupo de narcisistas que nos quejábamos del acoso al mismo tiempo que esperábamos ser agasajados por las cámaras como el mismísimo Maradona—. Un café y la cuenta.

—¿Preto?

—Pues eso.

El camarero sirvió el café, me lo bebí de un trago. Entonces, mi teléfono comenzó a sonar. Saqué el aparato. Las sorpresas no dejaban de llegar: era Rojo. El bullicio del local era tan alto que no podía escuchar apenas su voz. Hice una señal al empleado y le dije que regresaba en un minuto.

—¿Rojo? —Pregunté—. ¿Eres tú?

—Caballero —dijo con malestar—. ¿Dónde diablos te escondes?

—¿Desde cuándo importa eso? —Pregunté sorprendido por la llamada—. Pensé que me tenías localizado…

—Y así era —respondió—, hasta que Beltrán se deshizo del localizador de tu teléfono. Hay que fastidiarse, ¿eh, amigo? Tu novia poniéndote los pañales…

—No hay mal que por bien no venga.

—Lo que tú digas —dijo el oficial—. No soy yo quien duerme contigo.

—Yo también te echaba de menos…

—Bueno, qué, ¿me vas a decir dónde estás?

—En Lisboa —respondí a regañadientes. Sabía que podía

presentarse en cualquier momento. En el fondo de mi corazón, echaba de menos a ese gruñón——. Por trabajo.

—Venga, hombre, pero si tú no trabajas… —dijo con sorna——. Espera un momento, ¿qué es ese ruido de fondo? ¿Estás en un bar?

—Me has pillado comiendo.

—Adaptándote al entorno, ya veo.

—Ahora, en serio, Rojo —contesté con un amago de seriedad——. ¿Ocurre algo?

—No, en absoluto —dijo con neutralidad——. Bueno, sí… que me aburro un poco últimamente.

—Se te da muy mal mentir.

—Quería saber si estabas bien.

—Estoy seguro de que ya lo sabías —dije sonriendo al cristal——. Tú siempre lo sabes todo.

Sentí la brisa de la puerta y vi la silueta de White y sus dos acompañantes abandonar el lugar. El inglés balbuceaba ebrio y desbocado a unos pasos de mí.

—¿Gabriel? —Preguntó el policía.

—¡Ese estúpido de Moreau! —Bramó con un cigarrillo entre los labios——. ¡Lo ponía bajo tierra!

—¿Pasa algo ahí? —Repitió Rojo por el altavoz. Hice un esfuerzo en escuchar las palabras del escritor, pero resultaba complicado.

—Cálmate, White, lo arruinarás todo… —decía el hombre rechoncho——. Cualquiera puede escuchar tus barbaridades…

—Con mis manos, así… —decía y simulaba arrancarle la cabeza a una trucha——. Maldito hijo de… ¡Ah! ¡Y quiero una habitación sin ventanas!

—Tengo que dejarte, te llamo más tarde —contesté y corté con brusquedad. El artista había pasado por delante de mi cara, pero seguía sumido en su monólogo. Entré al restaurante, pagué y abandoné el local con la rapidez suficiente para seguirles la pista, pero llegué tarde. Los había perdido. Me pregunté qué tendría contra Moreau y por qué hablaba así de él.

3

La brisa del mar refrescaba una calurosa tarde que parecía dirigirse hacia el ocaso. Miré al reloj, tenía tiempo para dormir un rato en lugar de ahogarme en la barra de cualquier bar desconocido. Eran otros tiempos, en mi interior, algo había cambiado. Levanté el brazo y detuve uno de esos taxis de color vainilla y me subí.

Minutos después, me encontraba en la puerta del hotel, bajo un largo pasadizo de arcos y de transeúntes obsesionados por fotografiarlo todo. Los tranvías pasaban a mi espalda, el Lorenzo picaba con saña y los visitantes ocupaban las mesas de las terrazas para aprovechar las horas de luz. A diferencia de lo que se sentía en las calles de España, los portugueses eran más reservados a la hora de transmitir su euforia en público. Un detalle inconcebible para mí, aunque verdadero.

Para mi sorpresa, no tuve más que cruzar la entrada del edificio cuando encontré de espaldas una silueta que me resultaba familiar. Nada más entrar, contemplé una réplica más pequeña del monarca de la plaza situada en el pasillo. El salón principal estaba ocupado por una sección con dos escritorios y varias sillas, donde los recepcionistas se encargaban de acomodar a sus huéspedes. El pasillo continuaba como si fuera el corredor de un castillo. Al otro lado, un salón que imaginé que se usaría como sala de espera. De espaldas y sentada frente a uno de los escritorios, avisté el lomo de una mujer de tez blanquecina y delgada. Llevaba un vestido negro que dejaba a la vista sus costillas y la columna vertebral. Por su corte de pelo y el acento italiano impregnado sobre las palabras anglosajonas, deduje que esa mujer era Sabrina Moretti y su acompañante, el misterioso marido. A diferencia de los otros dos casos anteriores, preferí pasar inadvertido. Desconocía por completo a esa mujer y, aunque ya tendríamos tiempo para entablar conversación, la presencia de su marido no me inspiraba confianza. Decidido, caminé por el pasillo cuando llamé la atención del servicio de recepción.

—¿Está disfrutando de su estancia, señor Caballero? —Preguntó un recepcionista—. ¿Le gusta Lisboa?

De repente, desperté el interés del matrimonio italiano. Las siestas las cargaba el mismísimo Diablo.

—Sí, *muito obrigado* —respondí. Era lo único que sabía y lo repetía a menudo—. *Muito obrigado… Agora…* Siesta.

Terminé mi explicación con un gesto de manos fingiendo dormirme sobre ellas cuando vi a la mujer levantándose de su asiento.

—¿Caballero? —Preguntó ella con un fuerte acento en su pronunciación—. *Lo scrittore spagnolo?*

—¿Eh? —Respondí. Me sentía como Peter Sellers en esa película sobre una fiesta—. Sí, ese es mi nombre.

Me acerqué a ella y, directa y sin preámbulos, me ofreció su mano. Con gusto, la acepté. Tenía la piel tan suave que me cuestioné su edad. A su lado, el hombre de cabello oscuro con tez morena. Debía de ser del sur del país. Era corpulento y llevaba un traje blanco y una camisa de color azul celeste debajo. Un poco hortera para mi gusto, con la que estaba cayendo en la ciudad, pero quién era yo para juzgar a nadie. Aunque ella estaba mucho más pálida que él, tenían el aspecto de una pareja que había interrumpido sus vacaciones en barco para asistir al final del certamen. Si era cierto lo que las lenguas decían, me pregunté qué secreto escondería esa *ragazza* para haberle robado el corazón de piedra a su marido, que me observaba serio con altivez.

—*Il piacere è mio* —dijo él fingiendo entusiasmo y en su idioma materno. Ella parecía más contenta, tanto, que pensé si yo era la primera persona con la que hablaba durante su viaje.

—¿También ha llegado un día antes? —Preguntó ella en castellano—. Giancarlo tenía negocios en la ciudad y por eso estamos aquí.

Giancarlo. Negocios. No me podía quitar la palabra mafia de encima y más viendo las solapas de aquel traje.

—¿Negocios? —Pregunté como el buen periodista metomentodo que había bajo mi piel—. Interesante.

—¿Le gustaría tomar un café con nosotros? —Preguntó ella. Pese a su frágil y distante apariencia, esa mujer cautivaba con su presencia—. Estoy segura que tiene muchas cosas que contarnos... Giancarlo se ha leído todos sus libros.

El hombre se rio a unos metros.

—*Specialmente... Oh, non mi ricordo ora* —dijo poniéndose la mano en la frente—. *Mamma mia! Oh, sì... Granchi e Mafia.*

No sé por qué, no me sorprendió que le gustara la historia de los cangrejos de aquel verano, mi más preciado superventas. Aún recordaba las imágenes del pobre Bordonado en la bañera, Rojo arrodillado y la mirada de Eettafel en el restaurante de verano. El tiempo pasaba y dejaba huella en el interior de los corazones, como pequeñas marcas sobre el tronco de un árbol: tan difíciles de ver a lo lejos y tan apreciables de cerca.

Hacían una pareja divertida. Esa fue la impresión que me dieron tras cruzar unas frases. Sin embargo, algo no encajaba en esa escena. Más que su marido, parecía un guardaespaldas, un perro faldero. No era la primera vez que encontraba a una pareja con roles definidos, pero debía andar con cuidado si no quería terminar con una patada en la entrepierna. Sabrina Moretti no era lo que aparentaba.

Aunque, claro.

¿Quién sí?

—Necesito ir a la habitación un minuto —dijo ella mirándonos a los dos varones—. No tardo, ¿vale?

Después intercambió unas palabras con su marido y acarició su torso por el interior de la chaqueta. Miré de reojo por si guardaba un revólver allí dentro pero no vi más que un forro de color gris. En silencio, caminamos hasta la entrada.

—*Sigarette?* —Preguntó ofreciéndome un cigarrillo. Mi nivel de italiano era tan intuitivo que desconocía en qué idioma se dirigía a mí.

—*No, grazie.*

—Yo tampoco debería —dijo y se guardó el paquete. Por suerte, no había dicho ninguna estupidez hasta el momento—. Si no esto, te matará otra cosa.

—Sí, sin duda —contesté. Me arrepentí de haber rechazado la invitación.

Ambos mirábamos al frente y teníamos la praça do Comércio ante nuestras miradas.

—¿Qué tal la primera impresión? —Preguntó con voz masculina—. ¿Te gusta?

—Por supuesto...

—A mí también —contestó meneando el mentón—. ¿Y la ciudad?

Por un momento, no supe qué responder. Ese tipo me estaba tomando el pelo.

—Buena, esa...

El hombre rio.

—Relájate, hombre —añadió mostrándome los dientes al reír—. Sólo bromeaba. Sé que Sabrina pierde los vientos contigo, pero eres un hombre de honor, ¿verdad? Dicen que los españoles lo sois...

—Eso dicen.

—No como los franceses... —dijo con cierto resquemor en sus palabras, como si la broma hubiese tenido una segunda intención—. Por cierto, ¿no habrás visto a ese Moreau por aquí?

—¿El escritor? —Respondí fingiendo sorpresa.

—*Il cazzo*… —contestó juntando los dedos y moviendo la mano como mandaba el tópico—. No es de fiar ese hombre.

—No le conozco —repliqué—, pero ya veo que algunos de vosotros habéis coincidido antes.

—¿Por qué dices eso?

—Me he encontrado a Jack White, el inglés, hace un rato…

—¿Y ese quién es?

—Otro escritor —dije confundido—. Él también es finalista.

—Yo sólo me leo los libros de mi mujer —dijo negando con la mano—, y los tuyos, claro.

—Entiendo.

—No es de fiar, Caballero.

Mis plegarias se escucharon y, de la nada, apareció esa hermosa doncella romana.

—Ya estoy aquí —dijo con su voz delicada—. Siento haberos hecho esperar de más.

—*Tutto bene* —añadí calmando los ánimos de su marido. El cansancio del torbellino de emociones me acusaba los huesos—. ¿Habéis comido?

—No —dijo ella—. La verdad es que me muero de ganas de probar el *merluzzo*.

—Entonces os alcanzaré más tarde —insinué y la escritora me agarró del brazo. Nuestras miradas se tocaron. Era como una sirena salida del Tajo—. Para el café.

—¿Está seguro? —Insistió. Su marido no parecía sorprendido—. Luego no tendremos tiempo.

—De verdad.

Ella me soltó y mantuvo la sonrisa. Era una gladiadora innata, lo llevaba en la sangre. Una seductora que me trataba con respeto a la par que me agarraba. Una de esas personas que siempre conseguía lo que deseaba. Me pregunté si en ello incluía el premio literario. Antes de marcharme, se giró de nuevo.

—¿Gabriel?

—¿Sí?

—Por casualidad… —dijo dando un paso al frente. Perdía los ojos en su cuerpo—. ¿No habrá visto a Jean-Luc Moreau?

Miré a su marido, a la estatua del monarca luso y regresé a los ojos de color café de la escritora. Esbocé una sonrisa.

—¿Le ha visto usted?

El encuentro con la escritora y su marido me habían dejado fatigado. Incluso pensé que el poeta Camões tenía razón y esa ciudad guardaba un halo de misterio, un monstruo imaginario que dormía en las profundidades del Tajo y un imán para los problemas que intentaba evitar.

Regresé al interior de la Pousada de Lisboa, caminé por una alfombra de color morado que protegía el mármol de las pisadas y los escalones de pintura dorada. Al llegar al pasillo de la primera planta, vi la figura de un hombre, junto a una de las puertas del final. Un huésped más, pensé y continué acercándome. Cuando estaba frente a mi puerta, el misterioso hombre me propinó un repaso visual. Un chequeo matador.

—Boa tarde —dije e introduje la mano en bolsillo. Después me fijé en una parte de su cabello. Su rostro me sonaba de algo, pero no supe el qué. Finalmente, harto de mí, deduje que era un engaño más de la mente y su testarudez por encasillar todo lo que procesa en categorías.

—Boa tarde —respondió con un pulcro acento local y caminó hacia la otra punta del pasillo.

La habitación olía a sábanas limpias y jabón fresco. No era demasiado grande aunque tenía unas vistas de envidia. Ambas ventanas daban a la praça do Comércio y una de ellas tenía balcón. Entre los marcos, una televisión plana, una pintura minimalista y un mueble con mini bar. El suelo de parqué me invitó a descalzarme y dejar la americana a un lado. Luego caí rendido sobre un colchón de espuma que me acogía con deseo.

La imagen se volvió oscura. El vino, el pulpo y el cúmulo de sensaciones me ayudaron a colocarme sobre una nube. Todo parecía formar una densa nebulosa en mi cabeza que me llevaría por un rato con Morfeo… hasta que sonó el teléfono.

Recé todo lo que supe para que se detuviera, pero continuaba sonando.

Podía ser cualquiera. Podía ser Soledad diciendo que su vuelo se había cancelado, la recepcionista advirtiéndome que el hotel estaba ardiendo o Rojo en una de sus bromas. Me arrastré como una babosa hasta el mueble y descolgué.

—¿Sí?

—¡Gabriel! —Escuché con ansias al otro lado—. ¡Gabriel!

No tardé en reconocer esa voz. Demasiados acentos en muy pocas horas. Demasiadas personas desconocidas en mi agenda.

—Jean-Luc, qué pasa… —dije con voz ronca—. ¿Cómo tienes mi número?

—He preguntado —dijo y se rio de su propia broma—. ¡Despierta, Gabriel! ¡Reúnete conmigo, mon ami!

Miré al reloj. Se escuchaba música de fondo con aires de bossa-nova. Eran las seis de la tarde. Demasiado pronto o demasiado tarde para empezar a beber. Sólo importaba quién lo preguntara. El sol seguía brillando aunque cada vez con menos fuerza.

—¿Dónde demonios estás?

—¿Dónde estoy? —Preguntó ofendido. Entendí que se habría bebido unas copas sin mí—. ¡En el miradouro das Portas do Sol!

Me froté los ojos. Un mirador. Sonaba alto. Entendí que se encontraba bien lejos del hotel. Sin preguntarle cómo había llegado hasta allí y qué había pasado con esa modelo que le asistía, dudé en aceptar o no su propuesta.

—No conozco la ciudad, Jean-Luc.

—¡Ni falta que hace! —Exclamó y volvió a reír—. ¡Vamos! Ya dormirás cuando estés muerto. ¡Pide un taxi y reúnete! ¡Dios sabe cuándo volveré a estar solo!

Sin darme cuenta, me encontré en el interior de uno de esos Mercedes amarillentos. La rua da Madalena era una calle empinada y estrecha no muy lejana a la puerta del hotel. El taxista llevaba las gafas empañadas a causa del calor y el interior del vehículo alemán parecía de plástico. Gracias al tráfico de los coches, los viandantes cruzaban sin importarles las señales y las obras de algunos edificios. Tuve tiempo para despejarme y contemplar por la ventanilla las fachadas del viejo y emblemático barrio de la Alfama, fachadas amarillentas que todavía llevaban el color de la revolución. Los colores se combinaban con tonos azules pastel y verdes oliva y las aceras, aunque estrechas, estaban formadas de adoquines. La rua da Madalena tenía su encanto, casi como todas las ciudades del centro de la ciudad. Altos ventanales, bajos ocupados por tiendas y restauración y portones propios de cincuenta años atrás. La modernidad y la decadencia. Un vistazo a un pasado que pintaba mejor que el presente. La historia seguía en pie, a falta de una buena inyección económica que enluciera aquel rostro arquitectónico cargado de melancolía. El taxista, silencioso y rápido, hizo un viraje y se incorporó a una pendiente de adoquines donde los tranvías circulaban en sendas direcciones. El tapón era inevitable y el coche apenas se movía. Por la radio sonaba una canción en portugués que el conductor acompañaba con el ritmo de sus dedos sobre el volante. No tardé mucho en apreciar la belleza de la catedral de Lisboa, la más antigua de la ciudad, con dos campanarios a los lados y un rosetón en el centro. El taxista murmuraba maldiciendo a los que se interponían en nuestro camino. Cuesta abajo y en dirección contraria, un «tuk tuk», pilotado por un joven, cargaba con dos pasajeros en la parte trasera. Era como volver a ver esas películas sobre la guerra de Vietnam. Jamás pensé que aquellos cacharros hubieran llegado a Europa. Finalmente, dejamos atrás otra iglesia, un puñado de bares escondidos y a una multitud de turistas, y alcanzamos un llano de casones de dos plantas con las fachadas encarnadas. Mi compañero francés no debería de estar muy lejos, así que pagué al taxista y salí en dirección a un hermoso mirador por el que se podía apreciar parte de la ciudad y la infinidad del río. Entre la confusión, encontré unos toldos tras una rampa que bajaba hacia otra superficie. Un grupo de jubilados con gorra, y vestidos de forma similar, charlaban apoyados sobre un muro blanco. La imagen de una ciudad que buscaba, a toda costa, el turismo masivo con ganas de ver algo nuevo, el interés por los lugares que ya no ofrecían las revistas sino la red de redes. Un ejemplo claro de lo que le había sucedido a ciudades como Barcelona y que, poco a poco, los propios ciudadanos comenzaban a detestar. Con la cabeza todavía algo espesa por los nubarrones que habían dejado los tragos del mediodía, encontré en una mesa a Jean-Luc disfrutando de una copa de vino blanco y la estampa de postal que le ofrecía el hermoso mirador.

—¿No existía un lugar más cercano para emborracharte? —Pregunté. Las pupilas del hombre se dilataron al verme.

—Todo esfuerzo tiene su recompensa, *mon ami* —dijo levantando el índice—. ¿Qué razón de peso te ha traído hasta aquí en lugar de dejarte en la cama?

—La que sujetas en la mano —dije e hice una señal al camarero.

—Si hay algo que une a los pueblos —explicó—, es la bebida, el idioma universal del ser humano.

—Boa tarde —dijo un chico mulato de espalda ancha y con el pelo muy corto.

—*Desculpe...* —arranqué en un atisbo de sentirme integrado—. ¿Vermú?

—*Sim.*

—Ehm... —balbuceé—. En vaso ancho y corto...

—*Como?* —Preguntó desorientado—. *Não entendo, senhor.*

—¿Con mucho hielo?

—*Sinto muito, senhor* —insistió en su idioma—. *Não falo espanhol.*

Entonces señalé a la copa de vino que sujetaba mi acompañante y el camarero lo entendió a la primera. Tal vez, estuviera diciendo la verdad, tal vez no. Los españoles nos habíamos ganado una mala fama durante los años y no era para menos. Después de haber molestado durante siglos, una vez llegada la democracia, nos habíamos dedicado a pasear por el país vecino hablando nuestro idioma. Por muy cercano que pareciera, existían palabras difíciles de conectar con la lengua materna. No obstante, si algo tenía claro era que aquel joven, con aires de superioridad en todos los aspectos, no tenía la menor idea en cómo preparar un vermú.

—Me ha pasado algo similar —dijo el francés—, por eso he pedido vino, que lo entiende todo el mundo.

—¿Y tú asistenta? —Pregunté intrigado—. Ella nos podría haber ayudado a los dos.

El hombre miró a los lados y se acercó a mí.

—Si te digo la verdad… —susurró fingiendo que no le vieran—. No lo sé.

Y rompió en una carcajada.

Pero él era Jean-Luc Moreau y aquella escena formaba parte de su disfraz de escritor.

El chico apareció de nuevo con la copa de vino en una bandeja. Me la entregó y el francés y yo brindamos.

—Que gane el mejor.

—No, no… —dijo mirando hacia abajo, pensativo—. Brindemos por otra cosa… Todo el mundo sabe que voy a ganar yo.

—Vaya —contesté con la copa en alto—. Entonces brindemos por la humildad.

—Sí, por la humildad —dijo, sonrió y dio un largo trago—. Y por que no se enteren los americanos que el vino de aquí es mejor y más barato.

Jean-Luc era un tipo extraño, excéntrico, como todos los escritores. Rápidamente entendí que los juntaletras con los que me iba a reunir jugaban en otras ligas. Ellos eran el referente y yo un simple redactor que se había puesto de moda. Me sentaría junto a personas que lo habían dejado todo para dedicarse a una disciplina. Seres que escribían con dolor, dispuestos a pasar por los peores caminos de la vida y nunca recuperados de éstos. En pocas palabras, me habían colocado junto a un grupo de infelices y Jean-Luc tenía la imagen precisa del *enfant terrible*, del buen vividor y del hombre de corazón partido por una doncella en su juventud. Un intento de Serge Gainsbourg, más guapo y con aires de burgués francés. Aunque nos diferenciaban quince años, su obra había sido prolífica: varios libros de ensayo al año, una decena de novelas de misterio relacionadas con asuntos gubernamentales y distopías contemporáneas que criticaban a los religiosos y a los masones. Los rumores decían que su posición le había permitido entrevistar a oficiales de la inteligencia americana, soldados de las guerrillas yihadistas y tener acceso personal a los informes clasificados de su país. Palabrerío que engrandecía e iluminaba el aura de un tipo delgado con aspecto de personaje de Truffaut que no hacía más que emborracharse.

—Resulta gracioso que Lisboa se haya convertido en un escenario de novela de Hemingway —expliqué impresionado por su presencia—. No estoy muy acostumbrado a tratar con escritores. Lo mío es la calle…

—Precisamente por eso te he llamado, Gabriel —explicó tranquilizándome con su acento francés pegado—. ¿Acaso te crees que yo sí? Me aburren los escritores. Vaya mundo más aburrido.

De pronto sonó el teléfono del francés. No sabía cómo deshacerse de la llamada y tampoco parecía interesarse por la tecnología.

—¿Puedo preguntarte algo?

Él deslizaba el dedo por la pantalla y pulsaba los botones laterales.

—Si antes me ayudas a colgar esta llamada.

Pasé la mano y pulsé el botón rojo.

—Ya lo tienes.

—Eso es, silencio… —dijo agitado—. Maldita sea, creo que he activado algo… En fin, qué más da, ¿qué decías?

El francés guardó el teléfono en su chaqueta.

—Llevo unas horas en la ciudad y he coincidido con la mayoría de los finalistas —expliqué dando un sorbo a mi copa—. Tengo la sensación de que ya os conocéis en la mesa… Todos… menos yo, claro.

—Esa es la segunda razón por la que te he llamado.

—Sí, no me sorprende…

—Si lo dices por Barbosa —argumentó mirando a un grupo de chicas y me sugirió que hiciera lo mismo—, él tenía al jurado de su parte, pero prefirieron darme el premio a mí… Insistí en que se lo dieran. Tiene alma de perdedor. Aunque su trabajo es bueno, entre tú y yo, él no es Saramago…

—¿Os habíais visto en otro certamen?

—Cuando trabajas con editoriales grandes —contestó—. Tu vida depende de los certámenes, ya no por el reconocimiento, sino por la cantidad de dinero que se mueve. Digamos que un premio te lleva a otro, que el dinero atrae al dinero, y que tú no has estado en muchos… ¿Verdad?

—Digamos que a lo mejor terminas hoy en entre las rocas de ahí abajo.

—¡Esa bravura del toro que corre por tus venas! —Dijo y me agarró del antebrazo como había hecho por la mañana—. ¡Sólo bromeaba!

—Eres un tipo extraño, Jean-Luc.

—Y tú hablas como la bola del péndulo que va de un lado a otro —replicó con su lengua afilada—. Ahora, yo soy el raro por ser demasiado raro, después son ellos, el resto, por ser demasiado ignorantes.

—A decir verdad —dije con cierta risa—, ahora estás siendo adivino.

—¡Claro, Gabriel! —Exclamó y carcajeó llamando la

atención del resto—. ¡No somos tan distintos! Es la historia de nuestras vidas… Mira al frente, el puerto de Lisboa, ¿sabías que fue un nido de espías durante la Segunda Guerra Mundial?

—¿Cuál es la historia de Moretti?

—No lo sé, dímela tú —dijo con una sonrisa desafiante. Su intento había sido fallido—. ¿Cuál de los dos?

No me extrañaba que aquel hombre tuviera enemigos y admiradores a partes iguales. Su personalidad eclipsaba u obligaba a detestarle. Yo seguía siendo el péndulo del que me había hablado y me debatía en qué lugar detenerme.

—Ambos tenían interés en saber dónde estabas.

—Eso sí que es interesante.

—¿Qué le hiciste a White?

—Tú sabes demasiado, Caballero…

—Lo encontré de casualidad —expliqué—. Estaba enfadado, iba algo bebido, como tú, y estaba hablando de ti, no precisamente bien…

El francés dio un trago a su copa e hizo una señal para que sirvieran otras dos.

—White es un pirado —contestó algo irritado—. Mató a ese tipo con sus manos, lo sabías, ¿no?

—No, no sabía nada…

—Pues sí —insistió con dolor—. Y no me extraña que quiera hacerse con mi cuello. Total, todo porque dice que le robé una idea…

—Las ideas no valen nada —comenté—. Lo que importa es su ejecución.

—Sí, bueno… algo más que una idea.

Mi batería de preguntas había dejado sin ánimos a mi adversario. Alcé una vez más la copa y le invité a brindar. Sus ojos se volvieron a abrir. Sólo él sabía de qué estaba alimentado el mito y yo ya me había cansado de averiguarlo. Lo que sí supe fue que vendrían unos días muy entretenidos en compañía de todos.

—Por nosotros —dije y bebimos—. Por este encuentro.

—Eso es —añadió—. ¿Sabes? Mañana será un gran día. El

rumbo de todos cambiará de dirección.

Él tragó y me miró pensativo.

Yo memoricé sus palabras.

—¿Sabes algo que odio? —Preguntó mirándome de arriba a abajo.

—No tengo la más mínima idea.

—El color rojo y los entrometidos.

Levanté las manos.

—No era mi intención molestarte.

—Me caes bien, Gabriel —respondió—, aunque preguntas demasiado. Supongo que eres periodista de profesión, ¿verdad?

—Supones bien… —dije y observé, a lo lejos, cómo el sol se ponía por nuestra derecha. Sentí que pronto diría de marcharnos y la conversación tomaría otros derroteros—. ¿Te puedo hacer una última pregunta?

—Reventarás si no lo haces.

—Se dicen de ti muchas cosas… —proseguí inseguro—. ¿Qué hay de cierto en ellas?

Él suspiró, me agarró el antebrazo por enésima vez y carraspeó.

—Plantéatelo así… —dijo y se echó hacia atrás guiñando un ojo—. ¿Qué hay de cierto en las que no se mencionan?

—Entiendo.

—Ciertamente, no has entendido nada, pero ya que hemos terminado y el ocaso llega a su fin… —concluyó mirando su reloj y mi copa—. Termina tu bebida y vayámonos a un local de jazz que conozco donde ponen unos combinados estupendos.

—¿Jazz?

—¡Tercera razón por la que te he llamado! —Exclamó en medio de la calle deteniendo el tráfico en busca de un «tuk tuk» libre—. ¡Taxi! ¡Taxi!

Y así fue como conocí a Jean-Luc Moreau, el escritor en boga que se había devorado a sí mismo. Un misterioso personaje del que me costaría separarme más de lo imaginado.

4

Me dolía la mandíbula, como si llevara un largo rato apretando los dientes. Una mano meció mi cabello y fue entonces cuando levanté los párpados.

—¿Quién eres? —Pregunté en la penumbra. Me sentía desorientado y había dormido con la ropa puesta. Escuché la risita de una mujer y me llegó el aroma de su perfume. Me sentí en casa. Era ella.

—Y yo que pensaba que irías a recogerme... —dijo Soledad sentada en el borde de la cama—. Suerte que ya nos conocemos.

—¿Dónde estoy?

Ella siguió riéndose. Para mi fortuna, Soledad era una mujer con suficiente correa como para vivir con un escritor de mi altura, o de mi bajeza. Aunque, visto lo visto, no me veía dentro de la categoría de personajes como Jean-Luc Moreau o Jack White, debo reconocer que me gustaba demasiado la farándula y me dejaba engatusar con mucha facilidad. Sin embargo, los años de facultad habían quedado atrás y, con ellos, mi vitalidad. Salir era un ejercicio de resistencia que me mataba por dentro, no por el alcohol, sino por el desgaste de los huesos. Mover el esqueleto, danzar a altas horas de la madruga, beber como si no hubiera un mañana. Un gasto de salud y de dinero que agravaba mi existencia.

Soledad se levantó y caminó hasta las ventanas. Corrió las cortinas y un rayo de sol potente me golpeó de lleno. Sentí cómo la luz me derretía sobre la cama, como en esas películas de ciencia ficción que tan poco me gustaban.

—Con un Sol en esta habitación ya es suficiente —dije dándome media vuelta—. Cinco minutos más, te lo suplico…

—Eres adorable incluso cuando no sirves de mucho… —respondió ella a unos metros—. Pégate una ducha, anda, y compensa a esta mujer que esperaba una bienvenida con rosas y no a un jabalí adormecido.

Incluso en las peores situaciones, donde mis ganas por vivir pendían de un hilo, ella siempre ganaba. No existía arma devastadora contra la dulzura que Soledad desprendía con cada gesto, cada palabra. Rodé hasta el otro extremo de la cama y me metí en el baño. Obvié la escena en la que me miraba al espejo y me arrepentía de haber trasnochado y salté desnudo a la ducha. Pronto llegarían las preguntas, no las de ella, que no era muy entrometida y confiaba en mí, sino las mías. Tenía una laguna que llenaba el espacio tiempo de la noche anterior. Lo poco que recordaba era a ese francés parando a los taxistas lusos y ganándose los bocinazos de los conductores. Después, todo se volvía borroso, como una nube de humo. Un chorro de agua fría cayó sobre mi cabeza y comencé a tiritar. Di varios gritos y me dije a mí mismo que me comportara como el hombre que era. Hacía tiempo que no me duchaba con agua caliente. Lo había leído en una revista y aquello me había hecho pensar en las tropas espartanas, en su condición de guerreros. Tal vez, pensé, si me duchaba con agua helada, empezaría el día siendo un poco más hombre. Y así la memez se convirtió en un hábito.

A medida que me acostumbraba al frío, volví a pensar en lo ocurrido. Por suerte, la resaca fue desapareciendo. No era de las peores y nos daba un margen, a mí y a mi mente, para pensar con cierta claridad. Recordé a unas chicas de cabello rubio y oscuro que hablaban portugués, a un hombre de gabardina, al escritor francés mover los pies a ritmo de Miles Davis. Copas y más copas. Empezaba a sentirme mal conmigo mismo y no físicamente hablando. Finalmente, nos metimos en un taxi. Eso fue todo.

Salí de la ducha, me acicalé y encontré a Soledad observando la plaza. Era la muchacha de Dalí que miraba por la ventana, pero más bonita y arreglada. Soledad vestía unos vaqueros rotos por las rodillas y unos náuticos de color marrón. Encima, llevaba una camisa con transparencias de color crema y su inconfundible chaqueta de cuero negra, como buena seguidora de Led Zeppelin que era, algo que me encantaba. Apoyada con los brazos sobre el marco de la ventana, miraba la praça do Comércio con tranquilidad. Parecía feliz, allí, en la misma habitación, y eso me hacía feliz a mí también, verla de ese modo.

—¿Has resucitado? —Preguntó mirándome a los ojos. Caminé hasta ella envuelto en una toalla, la agarré por la cintura y fui a besarla. Entonces, ella se despegó de mi rostro y bloqueó mis labios con su mano—. ¿Crees que con una ducha lo solucionas todo?

—No me digas que estás enfadada.

—No lo estoy —dijo y sonrió—. Pero más te vale compensarme por el servicio de asistenta.

Sin una razón de peso, sus palabras me hicieron pensar en Jean-Luc y en esa mujer.

Me pregunto cómo habría terminado el francés.

Soledad estaba bromeando, de buen humor por la mañana pese a mi inconsciencia, así que me deslicé por su cuello provocándole cosquillas con mi nariz. Supongo que cuando trabajas cazando criminales, los contratiempos de la vida normal son relativos. Ella soltó una risita y movió la cabeza hacia abajo.

—Al final del día —murmuré jugando con su piel—, te vas a olvidar de esto.

—Muy alto apuestas tú —respondió con guasa—. Venga, llévame a desayunar que sólo tengo un café en el cuerpo.

—¿Qué hora es?

—Son la nueve —dijo—. Hora de mi desayuno.

—Y tanto… —contesté—. Acabo de recordar que hoy es

el almuerzo oficial, ya sabes, para la prensa.

—Me muero de ganas por verte en tu circo, hace tiempo que no lo hago.

—Esta vez superará tus expectativas —respondí—. Créeme.

Finalmente, nos besamos en esa ventana, tras la estatua de José I y delante de las decenas de turistas que, como cada día, fotografiaban la plaza y a todo aquel que se moviera.

Vestido de camisa blanca y americana azul, abandonamos la habitación del hotel y caminamos hacia el final del pasillo. Entonces, al girar la esquina, encontramos al matrimonio italiano regresando a su habitación. Sabrina Moretti iba vestida de forma muy casual. Todo le sentaba bien a esa mujer. A su lado, su marido, con un traje de color crema con un porte similar al del día anterior, parecía algo agitado.

—Buongiorno —dije con intención de romper la tensión entre los dos—. ¿Listos para el encuentro?

—No del todo —respondió el corpulento Giancarlo con su tono de voz fúnebre—. ¿Tu esposa?

Sabrina levantó las cejas y Soledad enrojeció.

—Oh, menudo cretino —comenté desprevenido—. No os he presentado. Ella es Soledad.

—Mucho gusto —dijo Sabrina ofreciéndole la mano y, después, su marido. Por un instante, la mirada de ese hombre y la mía se rasparon. Después la mía y la de Sabrina y, finalmente, Soledad me clavó la suya. Mi destreza para sentir el peligro me informaba de que permanecer allí podía generarme más de un problema—. Eres una mujer muy bella.

—Gracias —dijo Soledad y se encogió de hombros. Después me agarró de la mano y me tocó el hombro—. Ha sido un placer, pero acabo de llegar y no he desayunado nada todavía. Estoy segura de que podremos hablar más tarde.

—Nos veremos luego —agregué.

—Claro —dijo la italiana regalándome una sonrisa misteriosa—. Dígale al señor Moreau que se tome otro, anoche debieron pasarlo bien ustedes dos.

Después se giró y caminó hacia el fondo. El marido repetía la palabra cosa y nosotros llegamos hasta las escaleras que bajaban a la recepción.

—¿Quién es esa mujer? —Preguntó Sol—. ¿Por qué te

trata de usted?

El turno de preguntas, tarde o temprano, llegaba.

—Es Sabrina Moretti —expliqué—, la escritora italiana. El guardaespaldas es su marido.

—Ajá… —dijo pensativa—. ¿De qué os conocéis?

—De nada. Nos conocimos ayer en la puerta — contesté—. ¿Estás celosa?

—En absoluto —sentenció sumida en sus pensamientos—. Me preocupa más ese Moreau…

—No debería —dije con afán de despreocuparla—. Su grado de perversión es demasiado para mí. Estoy seguro de que intentará seducirte cuando te vea…

—Entonces deberíamos llamar a la policía —dijo ella y soltó una carcajada—. ¿Cómo es?

—Mejor lo ves con tus propios ojos —respondía cuando nos acercábamos al salón comedor—. En ocasiones, las palabras no son suficientes.

Al cruzar el largo pasillo que conectaba la Pousada de Lisboa, vimos a un grupo de periodistas con cámaras de fotos al cuello, cuadernos y ganas de cuchichear. El chismorreo de la prensa, el pan y circo de los becarios. Cuando uno empieza en la profesión, no quiere saber nada de los rumores que circulan. Después, alguien te dice que es importante, que es bueno llevarse bien. Al final, no te fías de ninguno sabiendo que buscan lo mismo que tú: el rumor, la exclusiva, algo con que llenar la página en blanco.

El salón era grande y espacioso, con suelo de madera y una larga alfombra de color verde amarillento que ocupaba todo el espacio. Cuatro enormes ventanales del tamaño de una puerta, protegidos por un telón que funcionaba de cortina, daban al exterior y permitían entrar a un sol vivo que iluminaba la mañana. Al otro lado, otros tres portones blancos se mantenían cerrados. Todo el techo estaba decorado por ornamentación dorada y de éste colgaba una enorme lámpara de vidrio al más puro estilo siglo XIX. Aquel lugar me recordó a ese verano fatídico, en la planta superior del ayuntamiento de Alicante. Tan sólo deseé que no terminara como esa noche.

Varios camareros ofrecían canapés a los invitados. Sobre una mesa alargada de mantel blanco, tres empleados preparaban café, infusiones y zumos. Sobre las bandejas había todo tipo de pasteles dulces, una de las debilidades de Soledad. A sabiendas de que no era el favorito aquel día, estaba expectante por encontrarme de nuevo con el resto de candidatos, en especial, con el francés. Nadie sabía de qué guinda aparecería, pero para eso estábamos allí reunidos. Los portugueses habían hecho del encuentro algo informal con el fin de acercar la literatura a la gente. Una azafata nos indicó que la ponencia sería en una de las salas contiguas, que permanecían todavía cerradas.

Nos acercamos a una de las mesas cargadas de repostería y pedí dos cafés para nosotros. Soledad miraba indecisa a un pastel de Belém y a otro de naranja.

De pronto, alguien se acercó a ella. Reconocí esa voz.

—O bolo de Belém é melhor… —sugirió señalando al pastelito de crema y sonriendo a mi compañera. Un latigazo eléctrico me recorrió la zona lumbar.

—Oh, gracias —dijo ella sorprendida. Nerviosa por no entender el idioma, le regaló una sonrisa y cogió el dulce—. Muy amable.

—Y usted muy linda —dijo en español y ofreció su mano. Giré el rostro y atisbé al tipo que me había cruzado en el pasillo. El mismo portugués melancólico y vigoroso de más altura que yo—. ¿Nos hemos conocido antes? Nuno Barbosa.

—Creo que no… —respondió sonriente—. Aunque yo a usted sí, por sus libros. Soy una gran lectora de sus novelas.

—Además de linda tienes buen gusto —dijo agachando un poco la cabeza. El portugués era más alto que ella, que yo, y que casi todos los presentes, exceptuando al marido de la italiana—. ¿Eres reportera?

—Eh…, no… —contestó Soledad asediada por el ejercicio de seducción del escritor. En el fondo, ella disfrutaba con ello. La conocía y sabía que podía despachar a un hombre sin usar el idioma—. Soy acompañante.

Harto, desistí de los cafés y me acerqué al coloquio.

—¿De quién?

—De mí —dije acercándole la mano—. Gabriel Caballero. El portugués me agarró la mano con firmeza, la giró y buscó una sortija. Después se mofó.

—Encantado, Nuno Barbosa —comentó y miró a Soledad con guasa—. No podías ser perfecta del todo. Nadie lo es.

—Vaya, así que eres tú el hombre del pasillo —dije interrumpiendo el juego de pestañeos—. No te había reconocido sin, ya sabes, el mechón de canas del cabello.

—No sé de qué me hablas, la verdad.

—Ya… —contesté. Estaba seguro de que era él. Puede que hubiera tomado algunas copas, pero no iba tan borracho—. A todo esto, el señor Moreau te manda recuerdos. Me ha hablado muy bien de ti.

Mi comentario pareció rechinar en su cabeza. Un buen luchador debe saber dónde golpear con certeza.

—Ojalá me los dé él —dijo recuperando la seriedad—, en persona… si es que logra levantarse.

—No esperáis mucho de él —contesté en defensa del francés—. Ni que os hubiese quitado algo de valor.

—Muchos querrían verlo durmiendo… en una caja.

Una pareja de periodistas se acercaron al escritor y éste se disculpó despidiéndose de Soledad. Cogí nuestras tazas que habían sido apartadas por los empleados.

—Menudo imbécil —dije y le ofrecí la taza de café—. Sabe de sobra que nos vimos…

—Debo reconocer que es un hombre apuesto. No me extraña que te acuerdes —Preguntó ella regocijándose en la situación—. ¿Estás celoso?

—¿Debería? —Respondí tajante. A diferencia de ella, yo no sabía gestionar tan bien mis emociones—. Es un resentido, nada más que eso.

—¿A qué viene eso? —Preguntó casi molesta—. Conmigo ha sido muy amable.

—A ti te gusta que te bailen el agua… —dije—. Eso es otra cosa. Moreau me comentó que le arrebató un premio en su propia cara. No sabe perder pero no es más que eso, un perdedor. Por eso no le tengo miedo.

—Gabriel Caballero en todo su esplendor, ¿eh?

—¿Por qué no le has dicho que estábamos juntos?

—Al ver como me presentabas a tu amiga italiana —explicó y se acercó al lóbulo de mi oreja derecha—, supuse que vamos de incógnito… No te preocupes, sé que tus admiradoras lo prefieren así.

—No seas tonta, sabes que no es cierto —respondí—. Y si lo era, fue hasta que te conocí.

Desde nuestro ángulo, observamos a lo lejos, a la pareja

italiana que hablaba con otros invitados que nosotros desconocíamos. Sinceramente, lo prefería así. Salir de España nos venía bien, tanto a Soledad como a mí. Los escritores éramos ese tipo de personas, con el ego tan grande y la moral tan baja, que caminábamos a diario con el miedo de ser reconocidos por la calle y la insatisfacción de no haberlo sido jamás. Nuestra existencia en una dicotomía.

Por la entrada, apareció el paliducho Jack White vestido de traje de cuadros entallado, gafas redondas y con el cabello bien aplastado por la brillantina. A su lado, esta vez aparecía la señorita Pereira, que le abría paso entre los presentes y le llevaba hasta nosotros.

—Aquí hay algo raro —dije frotándome el mentón—. Esa mujer…

—¿También la conoces? —Preguntó Soledad con el dulce de Belém en las manos—. No te puedo dejar solo ni veinticuatro horas.

—Ayer era la asistenta de Moreau y hoy está con el inglés.

Soledad me abrazó tapándome la vista.

—¿Por qué no te olvidas un poco de todos? —Preguntó mirándome a los ojos. Buscaba algo de atención—. Sé que estás nervioso, pero todo va a ir bien, ya lo verás.

La morena asistenta de cuerpo escultural estaba cerca de nosotros, junto al escritor inglés. Él parecía recién levantado y sólo balbuceaba palabras en inglés.

—Siento interrumpirle, señor Caballero —dijo la chica—, pero me preguntaba si sabe dónde está el señor Moreau.

Soledad, molesta, se echó a un lado y miró con saña a la portuguesa.

—¿Yo? —Pregunté confundido—. ¿Por qué iba a saberlo? No soy su niñera, además, su riesgo fue dejarlo solo.

—Con usted —recriminó ella. Se mostraba agobiada por la situación. White parecía haber bebido más de la cuenta la noche anterior. Aquello no hacía más que complicarse—. Por eso le pregunto… Veo que no ha tardado en encontrar asistenta.

—No es mi asistenta —respondí irritado—. Bruna Pereira, ella es Soledad, mi pareja.

Las dos mujeres estrecharon las manos.

—Vaya, qué sorpresa —murmuró la portuguesa mirándome con deseo.

—¿Y usted quién es? —Preguntó el inglés interrumpiendo. Parecía salir de su burbuja matinal—. ¿Trabaja en la recepción? No entiendo por qué el mini bar está vacío… ¿Se hace cargo de eso?

—Mi nombre es Gabriel Caballero —contesté obviando su comentario. Apestaba a colonia barata, aunque tal vez fuera el hedor de las copas que se había tomado para comenzar la mañana. White tenía una adicción y estar cerca de él se convertía en un problema para todos. Estrechamos la mano y me miró pensativo—. El escritor.

—¿Portugués?

—Español.

—Un momento, ese acento, ahora lo recuerdo… —comentó todavía sujetándome la mano con firmeza. Comenzaba a ser incómodo—. Anoche, el bar de jazz, ese cretino de Moreau me hizo invitaros a una copa.

Los ojos de la asistenta se torcieron.

El inglés se rio.

Miré a mi alrededor. Soledad pasaba de la risa a la vergüenza ajena.

—Fue una noche muy entretenida, sí.

—Debemos marcharnos, señor White —dijo ella evitando el desastre—. La tertulia va a comenzar y pronto servirán las bebidas. Mejor que esté alejado de ellas…

—Volveremos a vernos, señor… Monedero.

—Por favor, hágamelo saber si encuentra a Moreau —insistió Pereira—. Me juego el trabajo.

—Por supuesto —respondí y caminaron, nuevamente, hacia la entrada.

—Esta es la última vez que viajas solo —añadió Soledad irónica cuando la pareja se había perdido de nuestro campo de visión—. ¿Tanto bebiste ayer?

—No, dudo que bebiera más de lo habitual —argumenté incrédulo—. Moreau es un tipo simpático, pero estoy seguro de que es otro de sus numeritos. Es un loco narcisista.

—No lo pongo en duda, amor —replicó mirando cómo White se marchaba tambaleándose—. Aquí eres el más normalito de todos.

Después nos reímos como una pareja que disfruta el chiste que el resto no entiende. Y, sin esperarlo, las cámaras se encendieron, las luces se dispararon y los reporteros se apelotonaron como perros hambrientos en la puerta de la cantina. En la distancia y junto a la entrada, Jean-Luc Moreau saludaba a los presentes vestido de traje burdeos, camisa blanca y corbata negra. Lúcido, espabilado, estrechó la mano con el alcalde de la ciudad ante los periodistas y los organizadores del evento. Después, toda la muchedumbre caminó hasta la sala de conferencias.

—Me sorprende que White dijera eso de Moreau… —comenté—. Ayer mismo lo escuché escupiendo culebras sobre él.

—Gabri, es tu turno —dijo Soledad marcándome el camino y me dio un beso en la mejilla—. Sé tú mismo y no corras.

5

Precisamente eso era lo último que deseaba: correr. Me adentré en la sala contigua y encontré varias filas de reporteros con cámaras, teléfonos móviles y equipo de última tecnología para recoger las declaraciones de los finalistas. Al final de la habitación, sobre una tarima y tras una mesa, de izquierda a derecha estaban sentados todos, menos yo. Mi compañero francés se situaba en el centro, entre la bellísima Sabrina Moretti y el anodino Nuno Barbosa. Alguien había tenido la amabilidad de poner mi nombre en el extremo de la derecha. En esta vida, siempre existiría la diferencia de clases y entre los escritores no podía ser de otra forma.

El lánguido de Jack White me saludó nuevamente con un gesto de cabeza. Nos habían puesto dos botellas de agua junto a los carteles que llevaban nuestros nombres. El bullicio llenaba la sala. Di un trago. Estaba nervioso y no sabía muy bien por qué. Quizá por salir en la foto con ellos. No era mi hábitat, me sentía pequeño ante nombres tan grandes. Miré al público, encontré la mirada de Bruna Pereira en un extremo, seductora, peligrosa. Estaba sentada de piernas cruzadas, embutida en otro vestido de tubo y con unas gafas de pasta negra. Después vi a Soledad, al fondo, junto a la puerta, orgullosa de mí, eso quise pensar, y también a la silueta de ese Moretti, hablando por teléfono enfadado y acercándose a mi compañera haciendo pequeños círculos.

—Odio esta mierda —dijo White carrasposo abriendo la botella de agua y con una aspirina en la mano—. Total, si ya tienen un ganador...

—¿De qué estás hablando? —Pregunté y miré de reojo a Jean-Luc, que hacía breves comentarios ante la italiana y me ignoraba por completo. Me sentí un poco decepcionado. Tal vez no fuésemos amigos, pero creía haber conectado con él. Era la primera vez que me sentía cercano a un artista de verdad. Maldita sea, le había idealizado demasiado pronto. Luego pensé que sería una de esas personas amigables de noche e insoportables de día. Las mismas que se emborrachan y te dicen que han olvidado la billetera. Lo pasé por alto y me concentré en White.

—Va a ganar el gabacho otra vez —respondió malhumorado—. El resto, somos decorado de relleno. ¿Qué te pensabas? ¿Que alguien se había leído tu obra?

—Le habéis echado el ojo a Moreau, por lo que parece... —dije metiéndome con su comentario—. A mí me importa más bien poco.

—Pues mejor así, chico —respondió el inglés sacando el pañuelo de su bolsillo para limpiar las gafas—. Cuanto antes te acostumbres, mejor.

El silencio llenó la sala y las cámaras apuntaron hacia nosotros. Tras una aburrida presentación del certamen y una introducción a los finalistas, llegó el turno de preguntas. Todas iban dirigidas a los dos hombres que se habían enfrentado anteriormente, aunque nadie sabía quién daría la sorpresa.

—Señor Moreau —dijo una reportera—. ¿Qué le atrae de Lisboa? ¿Ha visitado la ciudad?

—Es mi primera vez —respondió con un tono educado—. No puedo esperar la oportunidad para disfrutar de esta histórica capital.

Estaba mintiendo. No lo era, conocía la ciudad de sobra.

Supuse que querría quedar bien con la prensa.

—¿Qué hay de cierto y qué hay de ficción en la obra finalista? —Preguntó otro periodista—. ¿Es verdad que vivió durante semanas con un grupo de yihadistas?

—Es cierto, así hice —respondió sin explicaciones.

Me acerqué a White y le susurré al oído.

—¿No crees que está actuando de un modo extraño? —Pregunté confundido—. Lo normal de él hubiera sido contestar con algo más... elaborado.

—Quizá la absenta le haya formado un coágulo en el cerebro —contestó con voz grave—. Mejor así, nos iremos sin esperar a las preguntas.

Antes de llegar, sólo había conocido al francés por su obra y sus apariciones públicas. Un idiota, como todos nosotros. Pero, dejando a un lado las opiniones, mi intuición de aventurero sabía decirme cuándo las piezas no encajaban y ésta era una señal de alerta. Estaba demasiado tranquilo, fuera de sí.

—Señor Barbosa —preguntó un hombre con barba de varios días—. ¿Cree que se hará justicia de una vez para usted?

Nuno Barbosa no expresó la menor emoción ante la pregunta. Se acercó al micrófono, miró al francés y respondió.

—Sólo el jurado decidirá eso —contestó con voz pesada—. Estoy feliz de estar donde estoy.

El público murmuró. Finalmente, llegó mi turno.

—Una pregunta para el señor Caballero —dijo un reportero portugués—. ¿Cree que está aquí por la repentina enfermedad que ha alejado de la imagen pública al conocido escritor John Williams? Al parecer, era quien iba a ocupar su puesto.

El silencio se hizo entre las sillas, la sangre me hervía. Ese hombre me estaba poniendo a prueba. Miré al fondo y me encontré con ella, con Soledad. Me hizo una señal con el pulgar mofándose de la situación. Ella y yo. Y todo se desvaneció. Después me acerqué al micrófono y me dirigí a ese hombre.

—No tenía ni idea —respondí con seguridad—, pero estoy seguro de que el señor Williams se alegra de que alguien como yo haya ocupado su lugar.

Se escucharon algunos murmullos. El hombre frunció el ceño. Le había salido el tiro por la culata. Si buscaba provocaciones, yo no estaba dispuesta a dárselas, no, al menos, delante de tanta gente. El editor me lo había dejado claro: no me podía meter en líos. Los periodistas, esas pirañas hambrientas en busca de un trozo de carne que engullir. ¡Qué me iban a contar que no supiera! Me alegraba de haberme quedado tan lejos de ellas. Sin embargo, por mucho que me avergonzara, yo seguía siendo una.

Las preguntas terminaron, el bullicio se hizo de nuevo y los destellos de las cámaras llenaron el centro del salón. Antes de que se marchara, me levanté de la silla y me acerqué al francés por detrás, que se encontraba hablando con otro reportero.

—Pareces otro, ni que hubieras resucitado —solté con humor pero pareció no hacerle gracia. Moreau me dio apretón de manos—. ¿Cómo estás?

—Bien, gracias —dijo mirándome como quien observa a alguien por primera vez. Entendí que no tenía ganas de conversar, aunque resultaba todo muy sospechoso. Esa reacción lo decía todo. Nadie respondía de esa manera, por muy mal o avergonzado que se encontrara—. ¿Qué tal estás?

Trato educado. Eso sí que me hizo enloquecer. Su comportamiento sobrepasó los límites de la mentira, y no sólo conmigo, aunque parecía ser el único que se daba cuenta de ello. Me fijé en su figura, algo cambiada. Podía ser el traje. Tampoco vi esa cicatriz en el párpado que le hacía tan característico. Quise saber qué demonios le sucedía para cambiar de forma tan repentina.

De pronto, la asistenta se acercó a él.

—Le esperan fuera, señor —dijo ella—. Vamos.

Entonces, White apareció por detrás.

—¿Ves como es un imbécil? —Me dijo burlándose con su voz de tubo de escape—. Ni siquiera se acuerda de ti. Eso te pasa por primo. Eso me pasa por invitaros a una copa.

La portuguesa escuchó los comentarios, agarró del brazo a su cliente y lo sacó de allí.

—Yo tampoco me acuerdo de mucho, la verdad.

White comenzó a reírse.

—¿Estás de broma, españolito? —Preguntó alejándome de la mesa. No le importábamos a nadie—. Demonios, qué flojo eres… Ayer ese mamarracho montó una buena… Y si no, la otra.

—La señorita Barbosa.

—Qué leches, la italiana —replicó—. No me digas que no te acuerdas de la escena de la calle.

—No, pero ayúdame.

De pronto, Nuno Barbosa se acercó a nosotros.

—Criticad, es lo que único a lo que habéis venido —dijo dirigiéndose a nosotros y salió junto al resto.

—¿Y a éste qué le ha picado?

Jack White me agarró del pescuezo.

—No vuelvas a beber, muchacho —dijo con su acento inglés tosco de factoría—. Gracias a ti, el italiano se confundió y le dio un puñetazo en los morros.

—¿A Barbosa?

—Sí.

—Mejor no pregunto.

—Mejor —dijo y se volvió a tronchar—. No me reía tanto desde hacía mucho tiempo… Luego se volvieron las cosas más tensas… Esa chica perdiendo los nervios por el gabacho en medio de la calle, el otro hablando en francés… Un disparate digno de olvidar… Mi cabeza tampoco lo tiene del todo claro… pero lo pasamos bien, ¿eh? Supongo que ya estoy en paz con ese cretino. Es hora de pasar página.

—No entiendo qué pasó —dije aturdido. El tono del inglés había cambiado, tomando un cariz serio y preocupado. En cuanto a mí, me contaba una historia inexistente. Giancarlo Moretti seguía al fondo, observándonos en la distancia—. Lamento no recordar nada... ¿A dónde fuimos?

—Olvídalo, chico... —dijo apretando las cejas—. Qué más da...

Entonces, alguien nos llamó la atención.

—¿Es a nosotros?

—Sí, tira.

Y así hicimos. Un bar, Sabrina y Jean-Luc, el marido propinándole un sopapo en la cara al luso, el rostro de éste sin marcas. Demasiados rompecabezas sin aclarar y yo, presente en cuerpo, aunque inconsciente. Se estaban quedando conmigo.

—Dame más detalles, White.

—Me encantaría —farfulló—, pero no puedo, ahora tengo algo que hacer.

Y serpenteó entre el aforo en cuanto vio que la gente se dispersaba. No hacía falta ser muy listo para entender que iba en busca de un bar que le sirviera a esas horas y le aguantara las insolencias.

La incontinencia del artista. Desapareció en cuestión de segundos y sin despedirse. Pronto, no quedaba nadie allí. Por mi parte, no me creía del todo lo que estaba sucediendo, si es que estaba pasando algo y no eran delirios propios de una mala resaca. De ser así, ¿por qué actuaban como si nada hubiera sucedido? Las azafatas nos invitaron a abandonar el salón principal y yo aproveché el momento para buscar a Soledad y despejar las ideas.

Tenía que entender qué estaba cociéndose. Tenía que averiguar qué sucedía con Jean-Luc Moreau, qué le habían hecho, y si era él o actuaba bajo los efectos de los narcóticos. Era absurdo, había bebido más de la cuenta, pero mi instinto me confirmaba la peor de las sospechas. De un modo u otro, debía aclarar qué había ocurrido la noche anterior.

Una vez me hube deshecho de la prensa y de los organizadores, caminé hacia la salida del recinto a tomar un poco de aire. Soledad, preocupada, caminaba a paso ligero tras de mí, pero yo era más rápido. Al llegar a la salida, encontré a Giancarlo Moretti fumando un cigarrillo con el semblante tieso y poco hablador. Me saludó asintiendo con la cabeza y regresó a su pitillo. El almuerzo había terminado y la resolución del fallo no se anunciaría hasta el día siguiente. La gala se celebraría en el Centro de Congressos de Lisboa, un moderno y gigante edificio hecho a medida para los grandes eventos que se encontraba a medio camino entre la capital y Belém. Puesto que tenía el día por delante y la compañía de mi amada, le agarré de la muñeca y tiré de ella algunos metros para evitar que Moretti nos escuchara.

—¿Qué te pasa, Gabri? —Preguntó Soledad cogiéndome de la cara—. ¿Estás bien? No sabía que estas cosas te alteraban tanto…

—Sol, sé lo que he visto… —dije y señalé a la puerta extendiendo el brazo—. Algo muy extraño ha pasado ahí dentro.

Ella se cruzó de brazos relajada y echó la columna hacia atrás.

—¿Ha sido ese entrevistador?

—¿Qué? —Pregunté. No siempre el mundo giraba a mi alrededor—. ¡No! Hablo de Moreau…

—Piensas más en él que en mí…

—De verdad, Soledad —dije y me acerqué a ella, expectante de escuchar mi explicación—. Creo que esa persona no era Jean-Luc Moreau.

Continuamos caminando bajo la rua Augusta, una calle turística y peatonal, llena de comercios, restaurantes y turistas que llenaban las terrazas del suelo formado de azulejos.

—Y si no era él, Gabriel —respondió fingiendo sorpresa y misterio—. ¿Entonces quién?

—¿Ves? No me crees.

Ella me dio una palmada en el brazo a modo de mofa.

Pasamos el museo de diseño y dejamos atrás las grandes fachadas con ventanales.

—Claro que sí, idiota —dijo con cariño—. Qué poco humor tienes…

—Te estoy hablando en serio —proseguí—. Ese hombre no era el francés, es decir, no sé si era él, pero actuaba de un modo muy extraño…

—¿Cómo puedes estar tan seguro? —Cuestionó. La gente se cruzaba en todas las direcciones. La calle parecía un hervidero propio de persecución. Malabaristas, músicos de fado… El ambiente portugués era diferente al nuestro, se podía sentir en las calles. Sin embargo, la globalización se había encargado de arrancar los viejos locales de las calles más céntricas para convertirlos en franquicias multinacionales. El turismo, del resto. Al final, todo resultaba ser una copia de una copia que nos hacía sentir la falsa percepción de haber estado allí antes.

—Tengo pruebas irrefutables, Soledad —Dije levantando el grito de la verdad—. Te olvidas quién es tu pareja.

—Descuida, lo tengo muy presente —contestó. Era mejor que yo—. ¿Qué pruebas son esas?

—Para empezar, la cicatriz de su párpado, en el lateral de su ojo derecho —argumenté convencido—. Hoy no la tenía. Ya sabes cómo me fijo en los detalles.

—Quizá esté acomplejado y la haya ocultado con maquillaje —replicó—. Ya sabes cómo son los famosos.

—Prueba número dos, no me ha reconocido esta mañana.

—No es el único que no recuerda mucho de ayer —dijo Soledad—. ¿Me vas a explicar qué bebisteis?

—Prueba número tres, Moreau me dijo que odiaba el color rojo.

—¿Y eso qué tiene qué ver con todo esto?

—¿No te has fijado en su traje? —Pregunté horrorizado—

. ¡Era de color burdeos!

—Estaba pendiente de ese Barbosa… No me quitaba el ojo.

—Por favor, Soledad —supliqué hastiado, caminé hasta un portal y me apoyé en la pared—. Te estoy hablando en serio. Ni siquiera me creo que esto me esté ocurriendo a mí.

Ella se dio cuenta de que no tenía ganas de entrar en su juego. Entendió que mi preocupación era real y no un delirio provocado por la noche. Pude comprobarlo en sus ojos, en su manera de reaccionar. No supe ver si me creía del todo, pues con Soledad siempre era complicado. No obstante, la casualidad de que nos hubiéramos conocido en medio de la caza de un asesino macabro, ayudaba a que nos apoyásemos sin dudar del otro.

—Está bien, tú ganas, te creo… —dijo agarrándome de la mano—. Tienes pruebas, pero eso no demuestra nada. Yo tengo actos, Gabriel. Dios sabe cuántas copas os beberíais después de haberos conocido. Ante mí, resulta todo muy obvio y cuestionable. No quiero pensar en una comisaría.

—Si te estoy contando esto —agregué—, es precisamente porque necesito tu apoyo, no el de un inspector portugués mandándome a escribir novelas a la costa mediterránea.

—No te lo tomes todo de manera tan personal —dijo ella—. Reconozco que esa gente es bastante extraña, a pesar de sus apariencias de escritores ricos.

—Una panda de infelices.

—Lo que sea, pero estoy segura de que todo tiene una explicación.

Por supuesto que la tenía, una explicación oficial que no contrastaría con la verdad. Aunque Soledad no creyera lo que había visto, estaba convencido de que Jean-Luc Moreau no era el hombre que se había sentado en la misma mesa que yo, por mucho que intentaran engañarme, por mucho que nadie se atreviera a preguntar si era él. No me parecía un plan descabellado. Alguien podría haberle hecho desaparecer, incluso él mismo. ¿Un clon? Eso era demasiado descabellado, pero no descartaba que hubiese enviado a un actor. Después de todo, siempre cabía la posibilidad de que hubiese sido otra de sus pantomimas pero, entonces, recordé sus palabras. Algo cambiaría el rumbo de todos y me planteé qué habría querido decirme con ello.

Paseamos en dirección recta y observamos desde la calle el elevador de Santa Justa, un ascensor altísimo que unía el barrio de Chiado con la Baixa Pombalina. Era la primera vez que veíamos algo así y no dejó de parecerme anecdótico. Al llegar a la praça da Figueira, chocamos ante una gran estatua de Don Joao I a caballo y los tranvías antiguos que subían hacia el cielo. Continuamos el placentero paseo volviendo hacia atrás hasta que dimos con otra plaza. Soledad miraba los escaparates, el sol radiaba en nuestras caras y yo seguía absorto entre cavilaciones. La plaza estaba rodeada de edificios antiguos con tejados rojos y antiguos ventanales rectangulares, una estampa bonita y propia de las tiendas de obsequios. En lo alto de la montaña, se veía el castillo de Saõ Jorge, y fue entonces cuando recordé algo sin formar una imagen mental.

—Tenemos que tomar el tranvía 28 —dijo ella—. Es el que nos lleva al barrio de la Alfama.

—¿La Alfama? —Pregunté. Ese nombre me resultaba demasiado familiar. Hacía esfuerzos mentales por avivar mis recuerdos—. Como quieras, ¿qué hay allí?

Soledad sacó una guía de papel de bolsillo y me la estampó en el pecho.

—Ya te vale, tío —bromeó—. La Alfama es el antiguo barrio de pescadores, la cuna del fado y el distrito más antiguo de la ciudad.

—Un barrio dejado a su suerte en los años treinta… —leía en voz alta mirando las páginas de la guía—, al abandono y la degradación, la criminalidad en el distrito aumentó progresivamente… ¿Se ha marchitado ya el romanticismo?

Un viejo tranvía de color amarillo llegó a la parada.

—Es el nuestro —dijo señalando al vagón—. Si no vienes, iré yo sola.

Soledad caminó hacia la cola de viajeros y yo tras ella. En

el interior, un pelotón de turistas con mapas, locales y algún que otro pillo con la mirada viciada y atenta en los bolsillos de los pasajeros.

—No dejaré que una damisela como tú vaya sola —respondí siguiendo su paso—. ¡Espera!

Pero ella ya estaba dentro. Mis comentarios de novela de caballerías le resbalaban y eso me gustaba de ella. Era una mujer sensata, valiente y sabía lo que quería, algo tan difícil de encontrar en una persona en los tiempos que corrían. A veces, me preguntaba qué vería ella en mí para seguir conmigo, ya no por amor, sino porque era consciente de lo insoportable que llegaba a ser en ocasiones, siempre sin llegar a la altura de los escritores que había conocido.

Me subí al vagón y me agarré a una barra de hierro. Las ventanas estaban abiertas, la brisa del Tajo nos pegaba en la cara. Ella sonreía a varios centímetros de mí. Estaba contenta y yo también. Intenté desconectar mi mente por unos instantes, dejar de pensar en quien me rodeaba. Eché la mano en el interior de mi chaqueta para asegurarme de que todo estaba en orden y di con algo, un pequeño trozo de cartón. No sabía cómo demonios había llegado hasta allí. Delante de mis ojos, comprobé que era la tarjeta arrugada de un bar con la imagen de un gallo negro con la cresta roja y el nombre de O galo feliz. De repente, me vino un fotograma mental y me golpeó la frente. Nuno Barbosa enfadado, un vaso de cristal roto y Moreau riéndose. Di la vuelta a la tarjeta y estaba en blanco, sin dirección ni número de teléfono. Extraño, pensé y la volví a guardar antes de que Soledad me preguntara de nuevo.

Subimos por una cuesta y me acordé del viaje del día anterior. A decir verdad, hubiese preferido un taxi, pero aquel era un viaje en pareja y los taxis de la ciudad no ofrecían ningún tipo de romanticismo. Nos abrazamos y nos entregamos el uno al otro con un suave beso en los labios. Estoy aquí para ti, le dije con la mirada. Esperé que lo entendiera y me perdonara por tanta abstracción. Me di cuenta de que me estaba olvidando de lo más importante.

El vagón tomó la cuesta, no cesaba de vibrar y moverse por las turbulencias ocasionadas por la vía de adoquines. Algunos valientes se subían desde el exterior para evitar pagar su billete. Lisboa estaba llena de baches y, después de un rato, era agotador.

Finalmente, nos apeamos dejando la catedral atrás y serpenteamos por varias de las callejuelas que formaban el entramado del barrio. Tenía la sensación de que, por arte de magia y en los últimos años, todas esas calzadas habían cambiado los almacenes y las tiendas de ultramarinos por la restauración y los puestos de recuerdos. Lugares y más lugares para comer, sitios a los que llamaban con encanto las revistas de viajes, cuando éste se reducía a un mantel de hule, escasa iluminación y un escueto local de sospechosa higiene. Pero no siempre tenía la razón. También existían los otros, los sitios recónditos con las neveras en la calle y el pescado fresco entre montones de hielo. Una mujer ponía a remojo la verdura sobre una cuesta de adoquines a la entrada de un mesón. Una pareja de turistas fotografiaba la escena. Fachadas de colores vivos, de pinturas desconchadas por el paso del tiempo y la humedad. Calles sumamente estrechas, de balcones por los que caía el agua de las ropas tendidas. Vehículos aparcados en plazas imposibles. Las ancianas gritaban a viva voz, sentadas junto a una mesa en plena calle y ofreciendo un chupito de ginja por unas monedas, el aguardiente de cereza típico del país. Soledad me sujetaba los dedos por debajo de la cintura. Corrimos por rua de São Miguel y bajamos escaleras de piedra que conectaban con otra calle. Era fácil enamorarse entre la decadencia de los carteles descoloridos, una copa de vino y la melancolía del fado que salía por la puerta de algunos bares. Si España era sinónimo de alegría, ruido bruto y fiesta sin mañana, los lusos representaban el final de una tarde de verano, la calma de una noche cerrada en el jardín y el tacto de alguien que se despide para siempre.

Finalmente, entramos en un restaurante en el que una

señora nos invitó a pasar. Tenía hambre, estaba algo cansado por la caminata y necesitaba una pausa. Soledad parecía relajada. No era muy habladora cuando buscaba la desconexión, y la entendía. Yo podía hablar de más y no siempre era necesario. Habíamos llevado un año intenso por ambas partes y venir conmigo era una bolsa de oxígeno. No quería estropearlo.

Nos sentamos en una mesa de madera con mantel de tela y velas blancas. Resultaba extraño, como si ya hubiese estado allí, pero era imposible, así que me di cuenta de que estaba perdiendo el norte. El restaurante tenía una luz cálida y su especialidad eran los pescados. Pedí bacalao con patatas y ella lo pidió con una salsa que no recuerdo bien. Acompañamos la comida con una ensalada, una botella de vinho verde y unos quesos típicos de la zona.

—Sé que sigues dándole vueltas a lo mismo… —dijo ella en uno de los silencios—. Quiero que sepas, que yo te creo…

—¿Pero?

—También puedes estar confundido, eso es todo.

—Me alegra que estés aquí —dije acariciando su mano—. Todo tiene más sentido.

—Lo sé, me encanta estar contigo —respondió mostrándome su bella dentadura—, aunque una parte de ti esté elucubrando todo el tiempo en otra dimensión.

—Gracias por ser como eres —dije y cambié de conversación—. Hablé con Rojo, ayer. Me llamó mientras comía.

—Vaya, el inspector —respondió con la boca llena y mirando a su plato. Siempre se dirigía a él desde el respeto. Incluso después de lo ocurrido, no se habían vuelto a ver, al menos, conmigo delante—. ¿Qué quería?

—No lo sé, si te digo la verdad —contesté—. Tuve que cortar en cuanto vi a White.

—Ajá, bueno… puedes llamarle de nuevo, ¿no?

—No creo que haga falta —dije pensativo—. Él es quien llama.

Me moría de ganas por contarle sobre la tarjeta de mi chaqueta, pero no quería continuar con el tema.

—Sigue detrás de esa mujer, ¿verdad? —Preguntó ella. Nunca habíamos hablado del tema en profundidad. Eme era un asunto clasificado, tanto para Rojo como para mí—. No debe ser fácil pasar página. Sabiendo lo que le hizo, yo tampoco dudaría en dispararle si la tuviera delante.

—¿Lo harías?

Ella me miró a los ojos. Por su expresión, capté que sabía más de lo que confesaba con palabras. Un asunto complicado. Me cuestioné cuánto conocería de él, de ella y si Rojo le habría contado los detalles.

—Por lo que sé —respondió mirando a su copa—, es capaz de todo por conseguir lo que le desea.

—Más o menos… como tú.

Soledad pensaba distraída.

—Sólo espero que nunca se cruce en tu camino —respondió con voz suave y con los ojos brillantes—. No es la única que sabe lo que quiere.

No supe bien cómo tomar aquello, aunque su respuesta me relajó. Tras el café y el bajón de la digestión, pagué y salimos de allí calle abajo por las difíciles calles llenas de adoquines que no hacían más que deslizar mis pies hacia el desastre. Acaramelados, dejamos los acertijos a un lado, el vino me ayudó a disipar la tensión del evento y olvidarme del francés por unas horas. Soledad también colaboró. Tomamos fotografías con el teléfono dejando la mejor de nuestras sonrisas. Nos abrazamos frente al mirador, observando como el resto de parejas el sol que se encaminaba lentamente hacia el oeste. Bajamos a pie, probamos una de aquellos licores de aguardiente y entre sonrisas y coqueteos, llegamos de nuevo a la praça do Comércio.

—Necesito una siesta —comenté quitándome las gafas de sol—. El cuerpo me tiembla.

—Vaya, yo que esperaba reanimarte —dijo con tanta picardía que estaba dispuesto a renunciar al descanso.

Entonces, alguien de la recepción mencionó mi nombre y ambos nos giramos—. Te espero arriba, no tardes.

Y con un guiño caminó hacia las escaleras recogida en su chaqueta de cuero y esos pantalones rotos que estilizaban sus piernas.

Me acerqué hasta la recepción y tomé asiento.

—Señor Caballero —dijo la recepcionista joven de cabello castaño. Tenía la cara redonda y un lunar bajo el ojo izquierdo. Su expresión era amable y percibí que, aunque un trabajo de ese calibre requería paciencia, esa chica disfrutaba con lo que hacía. Todavía quedaba esperanza en este planeta—. No olvide que esta noche es el cóctel oficial. La organización espera que esté disfrutando de su estancia.

—¿A qué hora?

—A las ocho y media —respondió la chica—. ¿Desea que le avisemos una hora antes?.

No entendí a qué venía tanto orden. Puede que fuera algo portugués.

—Gracias por la información, no es necesario —dije y comprobé la hora. Todavía era pronto, aunque no descartaba dormir la siesta. Saqué la tarjeta y se la mostré a la chica—. Por cierto… ¿Conoce este lugar?

Ella miró la tarjeta.

—No lo he visto en mi vida —explicó convencida—. ¿Quiere que lo busque en internet? Tal vez haya una dirección.

—No, no se moleste —respondí. Puede que fuese mejor guardar el secreto—. ¿Ha visto al señor White por aquí?

—Hará una hora que salió del hotel —dijo ella ordenando los documentos que tenía sobre la mesa—, tal vez dos.

—¿Podría darme su número de teléfono? —Pregunté bajando la voz—. Es un asunto importante…

Ella miró de reojo y accedió. Le entregué la tarjeta y escribió su número detrás.

—Yo no sé nada, no quiero perder mi trabajo.

—Gracias —dije y suspiré—. Es usted muy amable… Si

hay algo más, no duden en llamarme.

—Así haré, señor Caballero —contestó la chica actuando con normalidad y me levanté de allí. Comprobé, de nuevo, el número de la tarjeta.

Saqué el aparato, miré a mi alrededor y me aparté hacia un rincón. Después marqué.

—¿Quién? —Preguntó White al otro lado—. ¿Quién llama?.

—White, soy Caballero —contesté confundido—. El español.

—¿Qué quieres ahora? —Cuestionó confiado, casi desafiante. Parecía ocupado, nervioso por alguna razón—. Escucha, creo que he descubierto algo sobre anoche…

—¿Que Moreau no es Moreau?

—¡Qué diablos! No digas estupideces… —respondió ofendido. No era posible. No podía ser cierto, pero yo ya había mordido el anzuelo—. Escucha, vente cagando leches.

—¿Dónde estás? —contesté mirando a mi alrededor—. Se me da muy mal la cartografía.

White parecía caminar buscando algo.

—Apunta… —ordenó—. Rua da Bica de Duarte Belo número 51, segunda planta… Y recuerda, nada de timbres.

—¿Pero qué has encontrado?

—No hay tiempo para preguntas, ven.

—Está bien, allí estaré —dije y colgué. Un sudor frío me recorrió la espalda. Cavilé que sería del aire acondicionado pero eran los nervios de la verdad. Ir o no ir, esa era la cuestión. La intuición me decía que siguiera esa pista y no podía hacer nada contra ello. Algunas personas, aprendían a controlar sus impulsos. Por suerte o por desgracia, los periodistas como yo, de calle y grava, estuvieran dentro o fuera del oficio, eran incapaces de negarse a la verdad tras verle la punta del zapato. A la verdad y a la voluntad de uno mismo. Desbloqueé la pantalla, busqué el número de Soledad y marqué su número.

—¿Dónde estás? —Preguntó ella somnolienta.

—Sol, mi amor… —dije excusándome—, me temo que tardaré un par de horas. Me han llamado de la organización, ya sabes… los ensayos.

—¿Qué? —Preguntó recelosa—. Diles que has bebido demasiado, eres un escritor.

—No puedo… —respondí avergonzado por la mentira—. Te prometo que volveré, no permitas que se enfríe la cama.

—No lo haré, suerte con ello.

Colgué, salí a la calle y levanté la mano en busca de un taxi. Segundos después, el rebote de los adoquines golpeaba en mi trasero.

6

Cruzamos la praça Luís de Camões y tomamos la calle que subía. Entonces, recordé haber estado allí antes. Segundos después, veía el escaparate de la marisquería donde me había cruzado con White. El taxista estacionó en una entrada de aparcamiento y me dijo en portugués que no podía cruzar y que la calle se encontraba al otro lado, señalando una empinada cuesta donde había un viejo elevador parado con forma de tranvía que subía y bajaba la calle. La rua da Bica de Duarte Belo era una pendiente de larga longitud que recordaba a esas películas americanas ambientadas en el San Francisco de los años setenta. Un estrecho callejón por el que los coches sufrían al subir las cuestas y un decorado propio de la ciudad vieja: tejados y más tejados coloridos, balcones pintados de verde, farolas y un entramado eléctrico de cables que subían y bajaban los trenes cargados de pasajeros. Las cuerdas de un contrabajo sonaron en las paredes de mi cabeza. Por algún motivo, estaba teniendo un *deja-vu*, un recuerdo inconexo, la sensación de haber vivido ya antes aquel instante. Y no existe peor sensación que esa, la de sentir algo por segunda vez sin llegar a recordarlo. La pesadumbre me obligó a continuar y escabullirme entre otro grupo de personas que se había detenido en medio de la calle para hacerse fotos en la pendiente. Caminé calle abajo y encontré los rostros de los vecinos que miraban con sospecha. Para mi suerte, no era muy diferente a ellos, al menos, en la apariencia, aunque no resultaba complicado reconocer que era forastero por cómo miraba a todos los números. Finalmente, llegué a un portal, era el número cincuenta y uno, tal y como me había indicado ese misterioso hombre. En la entrada, había un bar de vinos y comida. Tenía buena pinta y me hubiese quedado allí si no fuera porque la intriga me corroía las entrañas. Con sigilo y asegurándome de que nadie me viera, empujé la puerta verde de madera que había junto al bar. Alguien la había dejado abierta, así que crucé y un fuerte olor a humedad llegó a mí. Las escaleras eran de azulejo, viejas y estaban desconchadas. Esa maldita ciudad necesitaba un arreglo. Alcé la vista, tres pisos más. Era una casa de viviendas por lo que deduje que el francés me había llevado a un burdel o a un club privado. No quedaba otra opción. Subí hasta el segundo piso y di con otra puerta alta y grande de madera y color marrón. Ésta, sin embargo, era más rígida. A la derecha, había un timbre de botón sujeto a la pared, con un cable que subía hasta el techo. Si lo viejo funciona, para qué cambiarlo, pensé.

Cuando estuve a punto de tocar el botón por instinto, recordé las palabras. Nada de llamar la atención. Cogí una bocanada de aire, me pregunté qué hacía allí y expiré. Apreté el puño y toqué la puerta con los nudillos.

Tres golpes. No hubo respuesta.

Creí que no me habían escuchado.

Salí a las escaleras y miré en ambas direcciones. Nada.

Regresé de nuevo a la puerta.

Tres golpes. Y escuché un ligero ruido.

Empujé la puerta, estaba abierta y me dispuse a entrar.

7

La entrada daba a un amplio salón que conectaba con una cocina y una habitación con la puerta cerrada. El suelo era de madera vieja y lo habían pintado de un color granate que le daba un aspecto gelatinoso. Las ventanas daban a un patio comunitario por el que se podían ver las ventanas de las viviendas contiguas. En el suelo, una alfombra de color marrón vieja y tiesa. La casa tenía un olor dulce, como si alguien hubiera cocinado. El aire estaba viciado y del techo colgaba una vieja lámpara de cristales corroída por el tiempo. Observé desde mi posición, pero no encontré a nadie, tan sólo a un viejo tocadiscos con un vinilo girando que había llegado a su fin y un sofá de terciopelo marrón frente a mis ojos.

—¿Hola? —Pregunté en voz alta, pero nadie contestó. Di un paso al frente y encontré a un hombre sentado tras la pared, de espaldas a mí. Para mi sorpresa, no era un hombre cualquiera, sino alguien que ya había conocido. Estaba en una silla de madera, junto a una mesa del mismo material en la que sostenía una botella de aguardiente portugués y un vaso chato de cristal. Frente a él, una televisión vieja encendida y silenciada.

—¿White? —Pregunté en voz alta. Parecía dormido y deduje que el olor dulce sería el hedor de su cuerpo, un mejunje de alcohol y sudor destilado. Cuidadoso, di varios pasos hasta verle de frente—. Eres un borracho...

Al ver que no se inmutaba, que el disco se había detenido y que el inglés estaba allí, sospeché algo que no me gustó en absoluto. Empujé el hombro de aquel delgaducho inglés pálido hacia atrás, pero no reaccionaba, ni siquiera parecía respirar. Accedí a darle una ligera bofetada y fue como golpear a una barra de embutido.

—Oh, mierda... —comenté en voz alta. White era un fiambre. Allí sentado, como si se hubiera quedado dormido en un sueño eterno. Levanté la solapa de su chaqueta y vi una mancha de sangre que cubría su costado. Le habían asestado una puñalada. Me horroricé, no podía ser cierto—. Me cago en la leche, White...

Pronto entendí que había sido una trampa de la que me había salvado por segundos. Dudé de las bromas de mal gusto y de que aquello hubiese sido también cosa de Moreau. Las preguntas se dispararon en mi cabeza. Puede que él hubiese llegado antes que yo y, por ende, recibido un trágico final. Puede que la suerte me acompañara de nuevo, que Soledad me hubiese salvado el pellejo de forma indirecta con aquel paseo. Era consciente del riesgo que corría quedándome allí pero no pude evitar rebuscar en sus bolsillos. Encontré otra tarjeta como la mía, con ese gallo dibujado en ella. Volteé la tarjeta y leí un nombre: Catarina. Lo memoricé. Pobre White, se la habían colado con una mujer. Inspeccioné sus bolsillos, le habían robado la documentación y no encontré más que unas monedas de euro. Lo primero que se me ocurrió fue salir de allí. Así que me aseguré de que nadie me viese y salí por donde había entrado. Una vez hube alcanzado la escaleras, corrí como un galgo hacia la entrada. Cálmate, Gabriel, me decía convenciéndome de que había sido un truco, una broma demasiado real, como en esa película de Michael Douglas. Y un cuerno. No me lo creía, no podía suceder de nuevo. Estaba tan nervioso que las piernas me temblaban y se me olvidó llamar a la policía o pedir ayuda. Nadie me habría creído. Al salir a la calle, las miradas de los vecinos continuaban ahí. La situación empeoraba. Caminé hacia abajo por error, en lugar de volver a lo alto de la vía y tomé una de las callejuelas que se dirigían a la praça Luís de

Camões. El callejón estaba sucio, lleno de cajas y de los balcones colgaban prendas de vestir recién lavadas. Olía a cebolla frita y a aceite. Nada más cruzar, escuché el ruido de un motor de coche. Aceleré el paso sin llamar la atención y el ruido aumentaba. No pude evitar mirar atrás cuando vi un viejo BMW 324 de color gris vibrando entre adoquines. Se dirigía a mí dispuesto a arrollarme. Corrí escuchando las revoluciones del interior y giré por una de las bocacalles que bajaban. Los vecinos se escondían en sus casas. Se oyó una fuerte frenada y el vehículo chocó contra las cajas apiladas. Todas las calles parecían iguales, similares y vacías a medida que me movía, como si cargara una maldición sobre mí. Caminé todo lo rápido que pude por una de las cuestas y vi a un hombre portugués, con bigote y pelo oscuro, de mediana edad y delgado, que caminaba hacia mí.

—¡Disculpa! —Exclamé—. ¿Praça Luís de Camões?

Pero el hombre no respondió y encendió la expresión. Se dirigía hacia mí sin habla y entendí que no me indicaría nada. Cuando quise darme cuenta, la frutería que había a mi derecha bajaba la persiana.

—¡No! ¡Espere! —Grité a un viejo tendero que hacía estragos por bajar la tela metálica. El hombre del bigote, delante de mí, sacó una navaja e intentó atacarme. Atento, me eché hacia atrás y esquivé la hoja afilada. Si corría, me alcanzaba. Las naranjas salían por la persiana y rodaban por los adoquines cuesta abajo. Ese hombre estaba dispuesto a atacarme. Varias calles atrás, el motor arrancaba de nuevo. Tenía que ser rápido, sólo tenía una oportunidad. Así que agarré una naranja del suelo y se la lancé a la cara. El matón se protegió con una mano pero, para mi fortuna, la fruta golpeó en su nariz. Tras el momento de confusión, él retrocedió, me agaché y le propiné una patada en el tobillo. Mi adversario intentó defenderse pero el golpe lo derribó de dolor. Sabía que, si regresaba, el vehículo me arrollaría, así que, en un último esfuerzo, apreté las piernas y subí lo más rápido que pude sin mirar atrás. Hastiado, una placa indicaba que me situaba en el largo do Calhariz, la normalidad y el bullicio de un día normal regresaban a la calle y a mi vida. Una mujer sonreía desde un puesto de helados y un hombre pedía limosna en la puerta de un supermercado. El corazón seguía latiéndome a toda prisa. Levanté el brazo al ver un taxi negro con la parte superior pintada de verde turquesa y me metí en él en cuanto se detuvo. Cuando giré la cabeza para asegurarme de que les había dado esquinazo, vi el rostro del hombre que había intentado matarme, persiguiéndome con la vista desde la distancia. White sabía algo y por eso le habían hecho callar. Lo mismo supuse que pensarían de mí, aunque estuvieran equivocados.

Me había librado de ellos, aunque fue un milagro.

Pero, los milagros, no siempre suceden cuando más se necesitan. Y yo tenía la sensación de que iba a necesitar unos cuantos.

8

Cuando abrí la puerta de la habitación, todo estaba oscuro. En la penumbra, vi el cuerpo de Soledad en la cama, cubierto por una sábana. Se había cambiado de ropa y llevaba una camiseta de tirantes. Busqué el teléfono en mi chaqueta, pero no lo encontré. Probablemente, se me habría caído mientras huía de la desgracia. La situación se complicaba. Estaba sediento. El vino y la ingesta de comida me habían producido sequedad en la boca. Cerré la puerta con sigilo, alterado y me quedé pegado a ella.

—¿Gabriel? ¿Eres tú? —Preguntó adormecida—. ¿Estás bien, amor?

—Duerme, Sol —dije mientras me acercaba a un mueble y abría una botella de agua que había dejado el servicio de habitaciones—. Duerme…

Ella abrió los ojos y me encontró perdido, pálido y con el cabello humedecido por el sudor. Se incorporó sorprendida y rodó por el colchón hasta mí.

—¿Qué te ha pasado?

—No te lo vas a creer, Sol.

—Bueno, ese es mi trabajo —respondió atenta—. ¿Qué te han dicho en esa reunión? ¿Ha sucedido algo con Moreau?

—No ha habido ninguna reunión…

—Ajá, me lo temía.

—Por favor, necesito que me entiendas —dije inquieto dando pequeños tragos de la botella y paseando por la habitación—. No quiero que me tomes por un lunático, Soledad, ya sabes a lo que me refiero.

—Haz el favor y comienza a hablar ya —rechistó sentada

en la cama. Iba vestida hasta la cintura, mostrando su ropa interior negra—. A veces, me desesperas, Gabriel... No había ninguna llamada, es eso, ¿verdad?

—Sí, sí que la había —respondí—, pero he sido yo quien ha llamado a White... Ya sabes, estaba desesperado por recordar qué había sucedido. Cuando hablé con él, me dijo que había descubierto algo sobre la noche anterior, aunque no me quiso decir qué.

—¿Por qué tanto interés? —Preguntó intrigada. Había olvidado que era un secreto—. Ni que fuese la primera vez que te emborrachas, por el amor de Dios...

—Sol, te prometo que no esperaba que esto ocurriera... —expliqué avergonzado—. Sólo quería hablar con él.

—Y me has dejado aquí, en lugar de contarme la verdad.

—No sabía lo que iba a encontrar —repliqué excusándome—. Ni siquiera yo me lo creo... Esto es un completo disparate.

—Eres un cabezón, es una pérdida de tiempo discutir contigo... —lamentó—. En fin, sigue... ¿Cómo has dado con él?

—Al llegar allí, no había nadie, sólo White, el inglés —relaté poniéndome en escena, buscando los olores que me llevaran hasta lo sucedido. Las palabras se apelmazaban en mi garganta a medida que reproducía las imágenes. Uno nunca se acostumbra a ver cadáveres a menos que paguen por ello—. ¡Estaba muerto, sin vida, fiambre, tieso!

—¡No grites! Te he entendido a la primera... —rogó moviendo las manos para que bajara el volumen—. Espera un momento, Gabri... No tan rápido. ¿Ese hombre estaba allí sin vida? ¿Te ha visto alguien? ¿Algún vecino?

—Eso no es todo... —advertí—. Todavía no te he contado lo peor...

—Espero que no hayas dejado huellas.

—¡Maldita sea! ¡Le habían clavado un puñal en la costilla, mujer! —Respondí alterado—. Lo único que se me ha ocurrido ha sido correr como un cobarde.

—Propio de ti, no me sorprende... —comentó y se rio de

sus palabras—. ¿Por qué no me has llamado? Sabes que podías contar conmigo.

—Yo qué sé, habría sido demasiado tarde —proseguí moviéndome por la habitación—. A la salida, han intentado atropellarme y después apuñalarme con una navaja… ¡En plena calle! Maldita mi suerte, casi logro salir de allí.

De pronto, sus pupilas cambiaron de tamaño. Si había algo que ella no toleraba, era la idea de perderme para siempre, de que alguien me hiriera. Eso me ponía en una situación desequilibrada. Yo sentía lo mismo por Soledad y tampoco quería que nadie le hiciera daño pero, en su caso, era un impulso interno implantado desde la niñez. Su tez cambió y los músculos de su espalda se tensaron. Se puso en pie y se echó el cabello hacia atrás. Pude ver las nubes de la tormenta sobre su cabeza.

—Eres un imbécil, Gabriel —dijo con voz seria y malhumorada—. ¿Te das cuenta de lo que podría haber pasado si no llegas a salir de ésta? ¿Por qué no me has avisado antes de marcharte? ¿Dónde queda la confianza?

—No quería ponerte en peligro.

—Yo tampoco quiero que te pongas tú, ¿es que no lo entiendes? —Respondió cabreada. Caminó hasta la ventana, corrió la cortina y dejó que pasara el aire—. Debemos llamar a la policía.

—¡Ni pensarlo! —Contesté—. ¿Estás loca? ¿Para qué?

—Para buscar ayuda, denunciar lo que ha pasado, ¿para qué te crees que estamos?

—Hay un hombre muerto, Soledad —dije recortando distancias—, un hombre importante. Lo han matado porque había descubierto algo, al igual que puede que hayan hecho lo mismo con Moreau.

—No, otra vez, lo del doble no…

—¿Tan disparatado te parece que ese hombre sea un actor? —Pregunté ofendido—. ¿Y la llamada? ¿Qué me dices de ella?

—Han podido ser unos maleantes, que ese borracho se

haya puesto violento y lo hayan callado de la forma más vieja que existe… Ni te imaginas la de discusiones que acaban así, por desgracia.

—¿Y yo qué?

—Tú eres tonto, Gabriel —contestó. Fue un golpe escuchar aquello—. No hay más, y convivo con ello, pero no puedes ir metiéndote en todos los líos que te buscan… Parece mentira, tío. ¿Acaso no te das cuenta de que la gente sabe que tienes dinero?

—Bueno, eso es cuestionable…

Me acerqué a ella y la abracé por los hombros.

—Lo que más me duele es no habértelo contado, ¿sabes? —Le dije al oído mientras la envolvía con mi brazo izquierdo—. Me importas demasiado.

—A mí lo que más me jode es que podría haberte perdido —respondió ella recriminándome lo sucedido—. No lo vuelvas a hacer, ¿vale?

—Pero si yo no he hecho nada…

Se dio por vencida conmigo. Era un cuentista profesional. Después guardó silencio y miró a la plaza. Todo parecía seguir con normalidad.

—¿Estás seguro de que White estaba muerto y no inconsciente? —Preguntó dubitativa—. De que no era otra broma disparatada…

—Completamente tieso… —confirmé—. Vi la sangre y lo toqué… Estaba recio como una butifarra.

—¿Y la gente de la calle?

—Ya te he dicho que no había nadie más —dije derrotado—. No le encuentro el sentido.

—Seguramente siga allí el cadáver… —comentó mirando al horizonte—. ¿Sabrías regresar al lugar?

—¿Estás de guasa? No vamos a volver a ese sitio. Quien juega con fuego, ya sabes cómo termina.

Sol se despegó de mí y caminó hacia su equipaje. Después se colocó con los brazos en jarra.

—Gabriel —dijo harta de mí, de la historia, de todo—. Tú eliges, la policía o solos, pero vamos a ir a ese sitio.

El taxi nos dejó junto a un obelisco blanco, alargado de gran tamaño y rodeado de figuras de bronce y oro. Un monumento que representaba la liberación del país del imperio español en el siglo XVII. Junto a la praça dos Restauradores se ubicaba la comisaría para turistas que la ciudad tenía desbordada a todas horas. Casualidades de la vida, dije. Cuando llegó nuestro turno, una agente portuguesa nos entregó un formulario.

—¿Dinero, teléfono, documentación? —Preguntó con una voz lineal con acento portugués.

—Teléfono… —dije mirando de reojo.

—Disculpe, ¿podemos hablar con un inspector? —Intervino Soledad sin importarle lo más mínimo el formulario. En la oficina había turistas de todos los países, todos unidos por una misma causa. Al final, las desgracias terminaban juntando a las personas.

—Rellene el formulario y se pondrá la denuncia.

Soledad se acercó a la ventanilla y enseñó su placa.

—Es un crimen, oficial —dijo ella—. No creo que se solucione con una denuncia.

—Yo tampoco creo que gane nada mostrándome eso.

—Calma, las dos… —medié como el árbitro de un cuadrilátero que separa a los boxeadores—. Lo último que deseamos es buscarnos un problema.

Dejé el papel y se lo entregué en blanco. La gente susurraba, Soledad me miraba a los ojos y yo asentía dándole la razón.

—Un momento… —dijo la agente y llamó por teléfono. Después de hablar con alguien en su idioma, nos indicó que esperáramos a un lado mientras el resto de personas seguían el orden de la cola. Al terminar la llamada, salió de la cabina y se acercó a nosotros—. Ha dicho un crimen.

—Sí —respondió. Las dos mujeres se debatían en un duelo silencioso. Jamás entendería aquello. No parecían estar dispuestas a ayudarse, y creo que la guerra iba más allá de una cuestión femenina. Lo que le molestaba a esa mujer era que una agente del país vecino viniera a interrumpir su trabajo—. Hay una persona muerta.

—Cuéntenme qué ha sucedido.

—Escuche, oficial —rogué terminando con aquello. Me estaba poniendo nervioso—. Hay un escritor famoso sin vida, en una vivienda del centro. Otro desaparecido, y a mí me han intentado abrir en canal. ¿No le parece suficiente para ser mi primera vez en la ciudad?

—No exageres, Gabriel…

—¿Gabriel Caballero? —Preguntó la oficial y se le iluminaron los ojos. Sentí la mano de Soledad en mi muslo clavándome las uñas—. Es usted el escritor finalista español, ¿cierto?

—Eh… Así es, oficial.

—Costa —dijo ella—. Soy la oficial Costa. Me gustan muchos sus novelas.

Giré el rostro con una sonrisa para ver la reacción de Soledad pero no encontré más que a una mujer poseída por el mismísimo Lucifer.

—Muchas gracias… Está bien, agente Costa, necesitamos su ayuda —expliqué más relajado—. He sido víctima de un asalto a mano armada, hay un hombre sin vida y, como ya he dicho, otro desaparecido. Temo por nuestra integridad.

—Entiendo… —dijo la policía un tanto incrédula. Fantaseaba con su mirada y no llegaba a tomarme en serio—. Escuchen, no puedo ayudarles ahora, pero pronto vendrá un inspector a atenderles. Siento que tendrán que esperar.

—Gracias —murmuró Soledad con sequedad.

—Se lo agradecemos —contesté y la agente caminó de vuelta a su cabina—. ¿Es siempre así de amable la policía portuguesa?

La mujer sonrió, movió la melena oscura y después caminó hacia su puesto de trabajo. Al mismo tiempo, sentí los nudillos de un puño que me golpeaban por detrás. El dolor aumentaba por segundos.

—Ya te vale —añadió Soledad a su reprimenda.

—Eso ha dolido…

Un hombre joven con barba cerrada y cejas frondosas apareció en escena. La agente Costa nos señaló y el policía se acercó a nosotros.

—*Sou o oficial Ramiro*. Por aquí, por favor —Indicó en "portuñol", esa forma de hablar mezclando palabras de ambos idiomas—. *Tudo reto*.

Caminamos hasta un despacho. La oficina estaba vieja y olía a polvo y grasa. Un archivador metálico de tres cajones, una bandera del país, un ordenador de mesa polvoriento sobre el escritorio y un tablero con fotos de presuntos desaparecidos. Vamos, como cualquier comisaría antigua. Me recordó a mis tiempos en el despacho de Rojo en Alicante, cuando nos unían otras cosas. Un recuerdo que parecía lejano.

—*O que acontece?* —Preguntó mirándonos seriamente—. *Um assassinato?*

—Y un intento —dije y le repetí la historia al policía. Tras sopesar lo escuchado, llamó a alguien de la organización por el teléfono que había en su escritorio.

—*Eu entendi* —dijo y colgó el teléfono—. *Muito bem*, señor Caballero. Me confirman que el señor Jack White está en su habitación de hotel… ¿Algo que añadir?

Me desplacé hacia atrás. Debía de ser una broma.

—Es imposible lo que dice, le están mintiendo.

—¿Bebe usted, señor Caballero? —Preguntaba con su acento marcado—. ¿Estaba bebido? ¿Lo está ahora?

—No, es decir… —rectifiqué nervioso—. Algo he tomado hoy, pero un par de copas de vino y aguardiente… Ella estaba conmigo.

—*Ginja portuguesa* —dijo mofándose con una ligera risita que sonaba como el galope de un caballo—. *Muito boa e muito doce.*

—Escuche, inspector… —aclaré levantando cogiendo aire. Él parecía demasiado tranquilo en su silla. Soledad guardaba silencio a mi lado—. Sé lo que he visto, no estaba ebrio. Un hombre ha intentado atropellarme y otro me ha atacado. Podría reconocer el vehículo y a ese tipejo. Estoy seguro de que he visto a White sin vida, en ese lugar. No estoy aquí por gusto, ¿sabe?

El policía toqueteaba la mesa dando pequeños golpecitos con los dedos.

—Está bien, está bien... —respondió, garabateó algo en un cuaderno, levantó las cejas y me enseñó el morro—. Mejor será que vayamos al sitio y comprobemos que todo está en orden.

—¿Lo dice en serio?

—Es una buena idea —añadió Soledad—. Aclaremos esto de una vez.

—Tiene usted suerte de que el alcalde y toda esa gente de la comisión estén por aquí —finalizó el policía poniéndose en pie—. De lo contrario, esta conversación habría terminado hace un buen rato.

Subimos en un Audi A8 patrulla que nos llevó embalado a la rua do Loreto, la calle que subía de la plaza y por la que en tantas ocasiones había caminado en las últimas veinticuatro horas. Reconocí el supermercado de la esquina, aunque el mendigo había desaparecido. El oficial Ramiro se apeó del vehículo y el coche se perdió cuesta abajo. Le indiqué dónde se encontraba el lugar, pero parecía haber entendido a la primera.

—¿Estás bien? —Pregunté a Soledad que tenía la expresión tensa desde hacía un buen rato—. Te voy a demostrar que no mentía...

Ella me dio un beso en la mejilla y me frotó el rostro con la mano, como una caricia conciliadora que me daba la razón para que dejara el asunto atrás. Nos detuvimos frente al portal, los vecinos miraron desde los balcones.

—¿Es aquí? —Preguntó el policía. Asentí con la cabeza—. ¿Y cómo entró?

—Estaba abierto.

—¿Está seguro?

—¿Me ve con cara de no estarlo?

El oficial resopló y empujó la puerta, pero estaba cerrada. Volvió a resoplar y empujó con fuerza. La cerradura cedió.

—No me extraña... —murmuró y entramos en el portal. El olor a humedad seguía presente. Subimos las escaleras y alcanzamos la entrada de la planta superior—. ¿Y ahora? ¿Es aquí?

—Sí —dije señalando a la vivienda—. La puerta también estaba abierta.

—Échense a un lado —dijo con parsimonia e intentó abrir, pero estaba bloqueada—. Pues parece que no... Probaré con el timbre.

—¡No, espere! —Exclamé—. ¿Y si esconden el cadáver?

El policía me miró como si fuera un estúpido y Soledad me tocó el antebrazo para que me callara. Después pulsó el botón de plástico que había a la derecha y sonó un timbre viejo de campanas.

Segundos más tarde, alguien movía la cerradura. La puerta se entreabrió y una mujer gruesa de piel morena, con un lunar en la nariz y pelo descuidado, apareció al otro lado de la puerta.

Musitó algo en portugués. Parecía una de esas mujeres que salían en las películas dando gritos cuando pasaba alguien por delante de su tienda. La situación era absurda.

El oficial y ella comenzaron una conversación que subía de tono en un portugués cerrado del que no entendía nada. La mujer movía las manos y negaba con el rostro.

—Esta señora dice que vive aquí —tradujo el hombre—, que ha estado todo el día y que no ha venido nadie, y menos usted.

—Ella no estaba cuando entré.

La mujer seguía gritando frases en portugués.

—Dice que no le ha visto en su vida y que no le conoce de nada —añadió y volvieron a hablar—. Tampoco ha escuchado ningún accidente de coche.

Me acerqué a la puerta y di un pequeño puntapié para ver lo que había dentro.

—Quieto —dijo el agente poniéndome la mano en el pecho e impidiéndome el paso—. Esto no es España… Aquí las cosas, con calma.

Miré por encima del hombro de la mujer, pero la habitación estaba cambiada. No había tocadiscos, sino un mueble con un montón de botes de comida. Tampoco quedaba rastro de la mesa en la que White sostenía la botella, ni la suya y, por ende, el propio escritor inglés. Era como si, en cuestión de horas, alguien hubiera limpiado y cambiado todo el decorado. Tal vez estuviera delirando, pero no podía ser cierto, había sido demasiado real y, qué demonios, había estado a punto de morir.

—¿Qué sucede, Gabriel? —Preguntó Soledad acercándose por detrás—. ¿Hay algo que no encaja?

—¿Me lo preguntas en broma o en serio?

—Te lo digo en serio, tonto.

—Si te soy sincero… —dije y chasqueé la lengua—. Todo parece haber sido una invención… No entiendo nada.

—¿Ha terminado ya? —Preguntó el agente—. ¿Nos podemos marchar y dejar de perder el tiempo, señor Caballero?

—¡Un momento! —Dije pidiendo un último acto de fe—. Le demostraré que no miento. Había un testigo en la calle cuando me atacaron, verá cómo digo la verdad.

Salimos de allí, callejeamos y reconstruí los hechos como un niño pequeño que juega a ser astronauta. Al llegar a la frutería, todo parecía funcionar con normalidad. El hombre mayor y arrugado, que había bajado la persiana en lugar de ayudarme, estaba tras el mostrador de verduras. Me miró con miedo y luego observó al policía.

El oficial Ramiro se acercó con su paso lento y cansado y le hizo algunas preguntas mientras jugaba con una naranja.

—Este hombre dice que es la primera vez que le ve —dijo mirándonos—, que no le conoce de nada.

Me acerqué al tendero y le señalé con el dedo.

—¡Miente, sabe que miente! —dije con el dedo acusador—. ¡No me quiso ayudar!

—Venga, ya vale —contestó el policía dándome en la mano para que quitara el dedo—. Basta por hoy, señor Caballero… No le conoce y punto. Deje de alterar al personal y tómese una valeriana.

—¿Así, sin más? —Pregunté indignado—. ¿Y si me vuelven a sorprender? ¿Qué hago yo ahora?

El policía se despidió del vendedor y caminamos varios metros para alejarnos de él.

—Ahora, usted y su pareja —explicó con la mano en mi hombro—, se van a ir al hotel, a tomar un vino, escribir una nueva novela o a hacer lo que le salga del *caralho*, ¿comprende?

—Esto no va a quedar así —dije irritado—. La verdad saldrá a la luz.

—*Vai se foder!* —Exclamó harto—. A lo mejor prefiere

dormir en la comisaría, *caralho*.

—Déjalo, Gabri —intervino Soledad agarrándome de nuevo—. Tiene razón, oficial. Ahora que ha quedado claro, mejor será que nos marchemos.

—Pero… —rechisté como buen gallo de corral. Siempre caía en el error de dejarme llevar por los delirios de mi ego.

—Ya le he dicho antes que tiene suerte —repitió el policía mirándome con desprecio—, pero no tiente demasiado a las casualidades, no sea que la pierda, ¿me oye?

9

Una absoluta pérdida de tiempo. El mal cuerpo con el que cargaba se había duplicado. Además de volver a ese lugar y darme de bruces con un embuste inexplicable, había quedado en ridículo delante del oficial y, sobre todo, de Soledad.

Regresamos al hotel y caminamos en silencio hasta la habitación. Al llegar, me dejé caer sobre el colchón, abatido y afectado como el estudiante que ha suspendido un examen final.

—En unas horas es el cóctel oficial —dijo Soledad mirando por la ventana y comprobando su teléfono móvil—. ¿Quieres ir?

—Sólo si me acompañas —dije con la cara aplastada en la almohada—. No tengo alma para enfrentarme a toda esa gente ahora.

Escuché una ligera risa. A Soledad le gustaba mi humor, incluso cuando hablaba en serio.

—Te acompañaré —dijo abandonando el aparato sobre la mesilla—, sólo si dejas la fiesta en paz y te centras en disfrutar un poco.

—¿No me lo echas en cara? —Pregunté levantando la cabeza—. Me sorprende tu actitud.

—En absoluto —contestó con voz dulce—. Reconozco que, después de todo, ha sido divertido… Sin esto, no serías tú.

—Vaya, eso me consuela —dije con ironía—. Creo que voy a dormir una siesta… No me despiertes hasta que todo el mundo se haya ido.

Ella se volvió a reír y se quitó la blusa. Soledad tenía una espalda fina y perfecta. Su piel anaranjada por los coletazos del verano la hacía más deseable y esa melena lisa, a la altura de los hombros, le sentaba muy bien.

—Tú verás, yo voy a darme un baño —respondió tirándome la blusa y, por tanto, esparciendo su placentera fragancia por mi rostro.

—¿Puedo ir contigo?

—Sí que te recuperas tú pronto… —contestó de espaldas—. Descansa y no llores demasiado… Se te irritarán los ojos.

Entró en el baño y dejó la puerta entornada. Después abrió el grifo. Cuando escuché que estaba dentro, cogí su teléfono móvil. Sabía que no era correcto hacerlo sin preguntar, pero no pretendía invadir su intimidad. Desbloqueé la pantalla y busqué el navegador de internet. Torpemente, pulsé el botón de llamadas y apareció el registro de las últimas conversaciones. Mamá, Gabriel, oficina… Nada fuera de lo cotidiano. Su madre la había llamado mientras yo estaba fuera. Sin embargo, el número que aparecía debajo del nombre era familiar. No, no era el de su madre. Era el número de Rojo. Sentí un escalofrío repentino por todo el cuerpo. ¿Rojo? Qué demonios, pensé. No entendí por qué no me había comentado nada al respecto, pero me sentía incapaz de sacar el tema. Puede que el inspector la llamara tras la pérdida de mi teléfono. Yo qué sabía, ese no era el motivo por el que estaba allí. Retrocedí, abrí el navegador y escribí el nombre de Jean-Luc Moreau en el buscador. Cientos de resultados que hablaban de sus libros. Nada interesante qué leer. Soledad tarareaba una canción desde el baño, debía darme prisa. Añadí la palabra problemas a la búsqueda y sólo di con resultados conectados con la bebida. Maldita sea, no les podía dar la razón. Finalmente, tecleé el nombre del francés y la palabra secretos. Un movimiento poco inteligente, lo sé, pero… ¿Acaso no era internet el lugar donde albergaban los secretos ajenos? Si algo había aprendido durante los últimos diez años, era que las personas tenían un especial interés en sacar a la luz los trapos sucios de otros. No importaba si eran famosos, novias o vecinos. La red daba cabida a todo tipo de horrores con el fin de provocar burla, malestar o generar ingresos a costa de las penurias personales.

Para mi sorpresa, aparecieron resultados conectados con otros tipos de secretos, más bien, secretos de Estado. Asuntos que no eran tan relevantes como una infidelidad, pero que podían causar estragos a escala mundial. Encontré noticias de los diarios nacionales más importantes que anunciaban que Jean-Luc Moreau había sido acusado de trabajar para el Gobierno francés e inglés. Un disparate, me dije. Al parecer, el proceso de documentación de sus obras no era más que una excusa para informar a las diferentes organizaciones de inteligencias estatales. Hice algo que me prohibía a mí mismo, que no era otra cosa que leer los comentarios anónimos que había bajo las noticias. Todos acusaban a Moreau de desertor, traidor a la patria y mercenario. Algunos hablaban de teorías conspiradoras y otros afirmaban que el francés trabajaba para la Comisión Europea. Le lectura me llevó a reflexionar sobre la noche olvidada y si White sabía algo acerca de ese tema, por muy borracho y loco que estuviera. En cierto modo, las piezas encajaban. Moreau guardaba un secreto y, por esa misma razón, me había llamado a mí: el único contacto anónimo del que nadie sospecharía. Maldije su sangre por un instante y después me calmé. De ahí que White y yo tuviéramos esa tarjeta, o tal vez no. No había por dónde hilar aquello. Dejé el teléfono a un lado y respiré hondo. Me levanté, abrí el mini bar y encontré una botella pequeña de whisky. Soledad seguía cantando. Volví a mirar la botella, me quité la camisa, después los pantalones y me decanté por la mujer que había allí dentro cantando como las sirenas que inducían al desastre. Abrí la puerta, el vapor me empañó y contemplé el espejo. En el reflejo encontré a Soledad en la ducha, desnuda y con el cabello lleno de champú. Su respuesta, una mirada sugerente y silenciosa. No hubo palabras, ni permisos. No las necesitábamos. La tensión entre nosotros se había trasladado a nuestros cuerpos. Y, allí, desvestido y sintiendo el calor que emanaba el agua caliente, no necesité más para entender que en aquella ducha había un hueco para mí.

Un hombre debe aprender a estar callado aunque sus tripas le digan lo contrario. Para mí, era un ejercicio tan difícil como el de levantar una pesa de cincuenta kilos, pero la experiencia y los desencuentros de la vida, me habían enseñado a tragarme las palabras cuando tenía a Soledad delante. Empapados, nuestros labios se encontraron ardientes de deseo. Nos besamos como adolescentes enamorados en la parte trasera de un colegio e hicimos el amor apasionadamente, desatados, coordinados como una pareja de patinaje artístico, como si fuera el reencuentro de nuestras vidas, como si todo terminara con el último de nuestros alientos.

Una hora más tarde, ella me agarraba del brazo. Habíamos recuperado la energía esfumada. Era increíble de lo que era capaz la pasión humana. No me había olvidado de la White y Moreau, aunque me limitara a disimular con esmero.

Soledad llevaba un ceñido vestido de noche de color negro que no le llegaba a las rodillas. Una pieza que estilizaba su figura y transparentaba su plexo solar, dejando entrever el escote. Tenía pecho, aunque no era exagerado. Su delgadez se repartía por todo el cuerpo. Se había pintado los labios de color rojo intenso y los tacones la hacían casi más alta que yo, algo que no terminaba de incomodarme. En cuanto a mí, me había vestido de etiqueta por una vez. No todos los días me llamaban ante los focos y eso era digno de celebrar. Como en los libros, sin un interior excelso, nadie te recordaba, pero sin una buena portada, nadie se molestaba en leerte. Lo mismo sucedía con las personas: sin un buen primer impacto, la gente no estaba dispuesta a escuchar lo que tenías que decir, por muy inteligente que fuera. Y es que éramos seres emocionales que poníamos los estímulos y las sensaciones por delante del juicio. Negarse a aquello, suponía un craso error. Así que me coloqué un traje azul oscuro entallado con una camisa blanca debajo y un pañuelo de tonos púrpuras en el bolsillo de la chaqueta. Lo conjunté con unos zapatos marrones y supe que seríamos la pareja más hermosa de todo el banquete.

El cóctel se celebraba en el salón de recepción. Al parecer, allí había personalidades famosas y diplomáticas de las cuales no había oído hablar en mi vida. Soledad no era la única que brillaba en esa habitación. Sabrina Moretti lucía un vestido de color blanco tirando a crema. Una sola pieza que unía su espalda con una fina cremallera. Todo el tiempo permanecía acompañada de su marido, que había optado por un clásico traje negro y un pañuelo blanco en la chaqueta. Él le sacaba dos cabezas de altura y formaban una pareja extraña aunque cómica. Con una copa de champaña en la mano, el matrimonio nos encontró con la mirada y no tardó en acercarse a nosotros.

—Qué alegría de veros —dijo Sabrina con su sonrisa ensayada—. Al fin conocemos a alguien en esta fiesta.

—Podríamos decir lo mismo —respondí alzando la copa—. Por nosotros.

Brindamos los cuatro y advertí a Giancarlo Moretti más inquieto de lo que acostumbraba a estar.

—Me pregunto dónde estará el resto de finalistas —dijo Sabrina—. Es una falta de respeto, aún sabiendo quién va a ganar...

—¿Por qué te interesa tanto? —Preguntó el marido.

—¿A qué te refieres con eso? —Intervine confundido—. Debo de ser el único que no se ha enterado...

Creí que Sabrina me daría una pista con la que avanzar.

—¿No te sorprende que sea la única mujer entre los finalistas?

Pero me di cuenta de que sólo hablaba de ella.

—Mi mujer es muy ambiciosa —dijo el italiano—. No sabe perder.

—Dudo que eso interfiera en el resultado final —dije y ella me miró con rechazo. No concebía la posibilidad de salir de allí con las manos vacías—. De todos modos, yo sí sé quién no ganará…

—¿Qué tal vuestro viaje? —Preguntó Soledad para romper el hielo y desviar la conversación—. Lisboa tiene su encanto, aunque no hemos tenido tiempo para ver toda la ciudad.

La italiana tenía razón. Ella tampoco sabía dónde estaba el resto.

—Si me disculpáis —dije y toqué por la zona lumbar a Soledad—, necesito ir un momento al baño.

Dejé la copa, abandoné el salón por un arco que conectaba con la entrada principal, caminé hasta la recepción y busqué a la chica que me había atendido. En su lugar, había un hombre.

—Buenas noches —dije y el empleado levantó la mirada—. ¿Sigue su compañera trabajando?

—No lo sé señor —respondió—. Aquí trabaja mucha gente.

—Está bien, no importa… —dije y vacilé—. ¿Podría llamar al señor White? No ha llegado todavía.

—Lo siento, señor…

—Caballero.

—Ajá, señor Caballero —rectificó con voz robótica—. Lo siento. El señor White pidió que no se le molestara.

—Eso es imposible, hablaré con él, soy su amigo.

—Me temo que no puedo hacer eso —contestó el chico algo molesto—. Ni usted tampoco. Puedo tomar nota y dejarle el mensaje.

—¿En qué habitación se hospeda? —Pregunté y él me miró con cara de pocos amigos—. Está bien, olvídelo.

Intenté recordar con las burbujas de la champaña en mi cabeza. Subí las escaleras e hice memoria. White había mencionado que deseaba una habitación sin ventanas, por lo que deduje que su habitación daría a nuestro lado. Continué como quien olvida algo y llegué al pasillo que se dividía en dos mitades. Con un poco de suerte, daría con la habitación del inglés. Revisé los pomos de las puertas y encontré una tarjeta para que no molestaran. Tenía que ser allí. Cuando estaba frente a la manivela, puse la mano y alguien me alcanzó por detrás. Mi reacción, propia del espanto, fue la de golpear a la presencia.

—*Cazzo!* —Exclamó Giancarlo Moretti deteniéndome con una mano—. *Cosa stai facendo?*

—¿Tú? —Cuestioné horrorizado y me eché hacia atrás. Estábamos al final del corredor y palpé con las manos el alféizar interior de la ventana. Al mirar por encima de su hombro, descubrí que no había nadie que nos pudiera ver. Entonces supe que mi final llegaba de nuevo, que la suerte no estaba de mi lado y que, si nadie nos detenía, el italiano me lanzaría por la ventana sin resistencia.

—Calma, calma —repitió varias veces—. Me miras como si fuera a hacerte daño.

—¿Me equivoco?

—De momento... sí.

—¿Me has seguido?

—Sólo por curiosidad —dijo él—. ¿Dónde está Moreau? Tenía la sensación de que buscábamos cosas diferentes.

—¿Me creerías si te contara una historia que parece inverosímil pero es cierta? —Pregunté desesperado. Tal vez, no fuera tan estúpido aquel hombre.

—¿Por qué habría de hacerlo? —Respondió y chasqueó los dedos—. ¿Has visto a Moreau? ¿Sí o no?

—Para serte sincero... —comenté apartándome de la ventana—. Ya no sé ni lo que veo.

No podía forzar la puerta de White con él delante. El italiano me había estropeado el plan. Entonces, se escucharon unos pasos procedentes de otra habitación. Giraron la manivela de la puerta desde el interior y se vio el fondo de una cama deshecha. Giancarlo y yo volteamos el rostro con atención para ver de quién se trataba. De repente, unas finas piernas abandonaban la habitación. Bruna Pereira, espectacular, con un vestido rojo y el cabello suelto y algo revuelto, intentaba colocarse un zapato. Pero eso no era todo. Con ella, salía de la habitación Nuno Barbosa vestido de traje negro, camisa blanca y corbata azul, con el cabello perfectamente fijado por el gel.

—*Mamma mia...* —murmuró el italiano observando la imagen—. Esto es una bacanal.

—¿Empezando la velada por el final?

La mujer, que se colocaba el sujetador, nos miró avergonzada y caminó en la dirección opuesta sin mentar palabra. Barbosa, desafiante, mantenía el semblante como si fuera un ganador, algo que no entendí muy bien.

—¿No deberías estar lamiéndole el culo a tu amiguito francés?

—Uy... —dijo Moretti con mofa.

—Vaya, Barbosa —respondí acercándome un metro—. Parece que te guste coleccionar mamporros ajenos.

El portugués se encendió y Moretti intervino cogiéndome por los brazos.

—¡Calma, calma! —Exclamó mientras Barbosa se reía en mi cara a varios metros—. *O mangiar quella minestra o saltar quella finestra...*

—Lo que tú digas, Moretti —contesté y salí de allí espantado dejando a los otros atrás. Visto que me resultaba imposible hablar con nadie, mi plan secundario era el de encontrar a alguien que pudiera contrastar la existencia del inglés.

Cuando regresé al cóctel, dos hombres se habían encargado de ocupar nuestras posiciones y hacer compañía a las dos hermosas mujeres. Soledad y Sabrina reían, brindaban y se miraban con complicidad ante los comentarios y la presencia de dos portugueses de barba cuidada y pelo canoso que las agasajaban. No evité guardar mis celos, pues ellos le estaban dando a mi pareja lo que yo no había logrado hasta entonces: entretenimiento, misterio y olvidar los problemas diarios. Dispuesto a entrar en la conversación como una máquina de demolición, escuché unos tacones que me alcanzaron sin esperarlo mientras tomaba otra copa de champaña en la distancia.

—Señor Caballero —dijo la voz, ahora más relajada y tímida, de la señorita Pereira. Obvié lo presenciado y le entregué una silenciosa sonrisa de complicidad como guardián de su secreto. El gesto pareció disipar los nervios de ambos y sentí su respiración más pausada. Tal vez, de esto último, se encargó Barbosa—. Necesito que me acompañe, quieren conocerle los concejales de la ciudad.

Antes de que arrancara a andar, la agarré por el brazo y sentí su piel suave en mis dedos. Ella me miró sorprendida.

—¿Dónde está White? —Pregunté firme—. Tú te hacías cargo de él.

Nuna retrocedió y se acercó a mí. Pude imaginar el rostro de Soledad, en alguna parte, recreando algo ficticio, así como yo había pensado de ella y sus acompañantes.

—El señor White ha abandonado el hotel —susurró evitando que nos escucharan—. Al parecer, su agente se lo ha llevado de aquí... Estaba... ya sabe... indispuesto. Ustedes los escritores...

—¿Bromeas? —Pregunté. No sabía a quién creer—. ¿Desde cuándo eso importa? Hace unos minutos he preguntado en recepción...

—Ya, es lo que han pedido... —explicó asegurándose de que nadie la escuchaba—. Supongo que era consciente del problema que el señor White tiene con la bebida...

—En este certamen todos tienen problemas, Nuna —

contesté desconfiado—. ¿Acaso no has observado el repentino cambio de Moreau?

—¿Cómo? —Preguntó la mujer—. ¿Qué tipo de cambio?

—La cicatriz, su altura… ¿Cómo es que no te has dado cuenta?

—Pues ahora que lo pienso… —dijo dubitativa—, lo he notado más frío, más distante, pero ya conoce su personalidad.

—A ti, sin embargo, te noto más cálida y más cercana —respondí coqueto—. Lástima que tengas tan mal gusto.

—No me gusta romper parejas, ¿sabe? —Replicó atrevida mirándome a los labios y las palabras se esfumaron de mi boca—. Ahora, si no le importa, acompáñeme…

Seguí los movimientos de cadera de la portuguesa entre el público y alcancé un grupo de hombres que estaban de espaldas. La traductora tocó a un señor canoso de piel oscura y bien vestido. Éste se giró a recibirme.

—Señor Caballero —dijo ella presentándonos—. Éste es João Cortés, el concejal de cultura de la ciudad.

—Mucho gusto —dije y nos dimos un apretón de manos—. Es un placer estar aquí.

—El placer es nuestro —dijo el hombre y me presentó a otro señor que había junto a él. Tenía la piel más clara, el rostro arrugado y alargado y estaba flacucho como un espárrago. También vestido de traje, lucía el tupé brillante y algo canoso—. Le presento al señor Gonçalves, Ministro de Cultura portugués y un gran admirador de la literatura.

Un ministro en la reunión era la gota que colmaba el vaso, un recipiente que se desbordaba como la desembocadura del Tajo. Estrechamos la mano y la conversación giró en torno a la ciudad y lo bueno que era para ésta que se celebraran eventos así.

—Sobre todo —intervine—, con personajes como Moreau, que son capaces de cualquier cosa… hasta de desaparecer.

—¿A qué se refiere? —Preguntó el ministro intrigado. Los hombres me miraban confundidos por mis palabras—. ¿Es una especie de mago o algo por el estilo?

Me acerqué a ellos. Las burbujas de la champaña iban cargadas de peligro.

—Señores, no quiero ser un agorero, pero están sucediendo cosas muy extrañas en este certamen —dije en voz baja con rostro cómplice—. Al final, el Lisboa Preto quedará en una anécdota…

—¿De qué está hablando, señor Caballero? —Preguntó el concejal—. Explíquese… ¿Es este alguno de sus acertijos?

—¿No han notado nada extraño en la expresión del señor Moreau? —Pregunté encendido—. ¡No parece que sea él!

—Ahora que lo dice… —añadió el concejal. El ministro parecía malhumorarse con mi insolencia—. Puede que el señor Moreau tenga cambios de ánimo, ya conoce su trayectoria y todo lo que ha vivido, pero… ¿Quién no los tiene alguna vez?

—¿Y si fuera un actor? —Agregué—. ¿Y si a alguien le interesara hacerlo desaparecer?

—Señor Caballero… —dijo Gonçalves—. Es usted muy chistoso, pero la broma no tiene mucha gracia…

—Eso es ridículo y poco probable —contestó el concejal que miraba de reojo al ministro. Me estaba dejando llevar por las burbujas y éxtasis de mi propia hipótesis, ignorando que tenía a uno de los hombres más poderosos del país frente a mí—, pero debo reconocer que tiene un talento para buscarle los tres pies al gato, ¿verdad, señor ministro?

—En mi opinión —respondió serio. Estaba harto de mi presencia—, creo que el señor Caballero ha bebido más de la cuenta.

—He bebido —dije arrogante—, pero todavía no demasiado.

El concejal se puso incómodo, como si una hoguera le quemara el trasero. Buscó a la señorita Pereira, pero había desaparecido.

—Es usted un impresentable, señor Caballero —disparó el Ministro de Cultura con la vista gacha y el rostro tieso—, con todo mi respeto hacia su calidad como escritor, algo que empiezo a poner en duda…

—Señores, se me ocurre una forma de solucionar todo esto —intervino el concejal—. Aquí viene el señor Moreau, él nos sacará de dudas.

El francés se acercó a nosotros. Iba acompañado de Bruna y sujetaba una copa de champaña en su mano. Quien no estuviera ebrio en esa fiesta, era porque no había sido invitado. Al fin, todo ese enredo quedaría en ridículo internacional. Estaba dispuesto a destapar la mentira que había tras él.

—Buenas tardes, señores —dijo el francés en inglés y estrechó las manos de ambos—. Vaya, usted también, Caballero.

—Parece que no se acuerde de mí.

—¿Por qué no iba a hacerlo? —Respondió con calidez y una sonrisa entrenada—. Nos hemos visto hace unas horas…

—El señor Caballero intenta hacernos creer que usted no es quien es —dijo el ministro con sorna—. Por tanto, no me queda más remedio que preguntarle si tiene razón.

—Bueno… —dijo mirando al techo—. Tal vez, el señor Caballero tenga razón. ¿Pero acaso somos quienes creemos ser? ¿O quienes quieren otros que seamos?

—Muy agudo —dije irritado—. Es la típica respuesta de alguien que oculta algo.

—Quizá podría empezar por ocultar su copa —dijo el ministro—. Me temo que algunos toleran muy mal la bebida.

Debí hacer caso al político..

Miré a los ojos de Moreau. La cicatriz había desaparecido.

—El mismo señor Moreau —añadí a la conversación—, me confesó que odiaba el color rojo… ¿Existe una explicación a su traje?

—El vino lo cambia todo, señor Caballero —replicó tranquilo—. Lamentablemente, lo cambia aún más si cae sobre la chaqueta de un traje.

Los políticos rieron.

—¿Y qué hay de su cicatriz en el ojo? —Insistí. Me estaba poniendo nervioso. Aquel hombre de lengua cortante tenía respuestas para todo—. El Moreau que conocí, no la tenía.

—¿De verdad? ¿Estamos dispuestos a sacar los trapos sucios de cada uno? —Dijo abochornado y se frotó la pequeña parte del ojo. De repente, la cicatriz quedó al descubierto—. ¿De verdad cree que usted es Paul Newman en el El Premio?

Un hormigueo inundó mis extremidades. Era la sensación del ridículo actuando bajo los efectos del espumoso. En definitiva, Moreau no era un actor, sino que se había aplicado una base de polvo en la piel para disimular su rasguño. El castillo de naipes se desmoronaba de un soplido y, con él, todas mis teorías sobre su cambio de humor. Puede que me costara digerir los golpes, que no fuese tan bueno como creía aceptando que la gente se olvidaba de mí tan pronto. Lo peor de todo era que nadie me volvería a tomar en serio por una buena temporada y, con algo de suerte, a publicar un libro.

—Pero... —balbuceé—. No puede ser...

—Sí, sí que puede —contestó molesto limpiándose los dedos—. Según mi agente, para las fotos, mejor un poco de maquillaje... No es algo de lo que me enorgullezca, pero... algún día lo entenderá, cuando su libro llegue a alguna parte, si es que lo hace.

—Vaya, lamento su decepción —dijo el ministro—. Supongo que... caso resuelto... Espero que, a partir de ahora, elabore mejor sus... llamémosles hipótesis... antes de juzgar a alguien.

Todos se cachondeaban de mí y me lo había merecido por completo. Se me quitaron las pocas ganas que me quedaban de continuar esa batalla dialéctica, de preguntar por White y de meterme donde no me llamaban. A lo mejor todo era un mal sueño y White estaba de camino a su Gran Bretaña. Me pregunté qué me había pasado, qué había hecho para convertirme en alguien así y recordé a esos actores, la mayoría de ellos acabados, que recorrían los platós y los teatros en busca de un poco de alimento que llenara las tripas de sus egos. Todo lo que subía, bajaba, y la fama y el reconocimiento no eran una excepción. Levanté la copa delante de esos tres hombres, de la asistenta, que me miraba con misericordia, y bebí. Después, la dejé junto a una mesa.

—Si me disculpan —dije para finalizar—, creo que ha llegado el momento de marcharme.

Y así hice, cargado de pena y derrotado por enfrentarme a los fantasmas de mi propia estupidez. Otra lección aprendida que tardaría en olvidar. Creí que la noche no podía empeorar, pero estaba equivocado.

10

Después de sopesarlo, me cuestioné si había perdido el olfato periodístico que me caracterizaba. La vida me había entregado muchas satisfacciones: el éxito literario, una relación estable, la posibilidad de levantarme a deshoras sin tener que dar explicaciones a un superior. A lo bueno, todos nos acostumbrábamos sin dificultad. No obstante, como humano, el aburguesamiento desmesurado me convertía en un ser dócil y fuera de combate ante las desavenencias de la vida. Todo el tiempo subes o bajas. La estabilidad nunca existe y, si lo hace, es una falsa sensación. El dinero y un estilo de vida cómodo, libre de necesidades económicas y ajetreo laboral, habían atrofiado por completo el apetito por llegar hasta la verdad. Atrás quedaban los días cuando mi nevera tenía más espacio que el armario de la ropa, días en los que sabía cuándo entraba pero nunca cuándo abandonaba la redacción. Atrás quedaban los rotos en los portales, las discusiones de barrio con la lengua torcida y los bocadillos de calamares recalentados a las cinco de la mañana. Eran otros tiempos y ni mi estómago ni yo éramos los mismos. Había pasado de ser un felino a convertirme en un ratón en el interior de una rueda. Porque, no nos engañemos: en esta vida no es oro todo lo que reluce ni la gente tan estupenda como parece en los programas de televisión. Sin embargo, por mucha etiqueta que llevara y muy bien que me sentara la chaqueta del traje, no encontraba mi lugar entre aquellas paredes de color menta claro, entre esos rostros de complacencia y falsa educación. Eso me hacía sentir preocupado, incómodo y descontento. Una rebeldía que, con los años, cabía en el bolsillo de mi americana. Allí perdido, paseaba entre un baile de máscaras que no se diferenciaba demasiado a los carnavales de antaño. Abriéndome paso, me cruzaba con semblantes refinados, mujeres vestidas de gala y con peinados de peluquería; hombres trajeados expertos en cualquier materia y de opiniones férreas según qué asuntos. Una falacia que, como de costumbre, terminaba entre puñales verbales y vomiteras de desprecio ajeno al llegar a casa. Me cuestionaba qué sentido tenían esas ruedas de prensa a las que acudíamos todos sin el más mínimo interés por asistir. Pero, como siempre, alguien tenía que hacerlo y salir en la foto. Esa era la realidad que separaba a la verdad de la noticia. Arrastré los pies hasta el rincón donde Soledad mostraba de espaldas su silueta y vi, a su vera, al escritor portugués agasajando a mi pareja y a Sabrina Moretti.

—Ya estoy de vuelta —dije dándole un beso inesperado en la mejilla a mi pareja. Después hice una mueca al resto como quien llega tarde a una broma—. Espero no haberme perdido nada.

—Nuno nos estaba sugiriendo qué ver en la ciudad —dijo Sabrina—, antes de que nos marchemos. Nada mejor que el consejo de un autóctono.

—En efecto —dijo él sonriendo e ignoré sus palabras. Lo último que necesitaba era escuchar a otro escritor. Sentía el alcohol correr por mi cabeza, así que entendí que lo mejor era mantenerme callado. Creí que no podía hacer más el ridículo esa noche y lo último que buscaba era avergonzar a Soledad por partida doble—. De hecho, se me ocurre una idea estupenda… Podríamos ir todos a cenar juntos a un lugar que conozco, tomar un buen vino, escuchar un poco de fado y desconectar de tanta formalidad… ¿Os parece?

Barbosa derrochaba la misma energía que un funeral.

Solté un soplido y todos me miraron.

—Disculpad —aclaré con las manos—, demasiadas burbujas…

—Me parece una idea estupenda —respondió Soledad entusiasmada—. Tengo curiosidad por verlo en directo.

—Estoy con ella —añadió la italiana. Por un momento, el portugués se había ganado la aprobación de las dos damas. Todo iba sobre ruedas—. Imagino que Giancarlo estará de acuerdo.

—Así es —contestó apareciendo de la nada por su espalda—. Me muero por tomar un vino.

Las dos mujeres y el portugués continuaron hablando y no supe muy bien hacia dónde se dirigía todo aquello. Encontré los grises ojos de Giancarlo Moretti, que parecía algo mosqueado, di dos pasos hacia atrás y me acerqué a él.

—¿Todo en orden? —Pregunté bajo el bullicio de la sala—. No te he visto en un buen rato.

—Llamadas de teléfono.

—Entiendo… —dije y cerró los párpados para que no indagara más. Falto de motivación, volví al tema que me incomodaba—. Oye, Giancarlo… ¿Qué pasó anoche?

—¿Anoche?

—Sí —murmuré mirando a los otros tres—. Bebí más de la cuenta y no recuerdo mucho. White me dijo que…

—Anoche no pasó nada, que yo recuerde —respondió con su acento marcado y sin ápice de interés en continuar por ahí—. ¿Tú recuerdas algo?

—Mencionó algo sobre…

—¿Lo estás pasando bien, Caballero? —Interrumpió y acepté su respuesta. Si volvía a insistir, podía encontrarme con más problemas—. Creo que iré a por otra copa.

Abandoné la conversación y caminé hasta una de las mesas donde servían las bebidas. Allí, entre los invitados, vi el perfil de Moreau en la distancia. Nos volvimos a mirar como dos desconocidos. No daba crédito. No entendía nada. Después me acerqué a él, iluso de mí.

—No deberías beber tanto —comentó alcanzándome una

copa de champaña—. Te pierde la boca.

—Eres un cretino, Moreau —respondí molesto con su actuación—. Ayer eras otra persona, hoy te comportas como un estirado.

—El ayer es pasado —contestó sin mostrarse ofendido, aunque tenso en su forma de actuar. Mi presencia le ponía nervioso y eso me entregó fuerzas para seguir insistiendo. Una vez más, la intuición me decía que iba bien encaminado. Aunque las apariencias nos intentaran engañar a todos, todavía podía ver más allá de sus ojos—. Una borrachera más… ¿Por qué no disfrutas de la velada y te dedicas a tus asuntos? Bebe y calla, tu chica te lo agradecerá.

—Ambos sabemos que hay algo podrido aquí dentro —dije acercándome un poco más—. Pienso descubrir qué es y sacarlo a la luz.

—La vida es algo más que escribir en un periódico —comentó con desaire—. Supongo que te mueres de ganas por volver a ese diario regional, ¿me equivoco?

—Vaya, vuelves a ser tú…

—Recula, Caballero… Yo que tú, no lo haría —dijo a regañadientes—. Te queda demasiado grande esto.

—¿Cómo dices? —Pregunté. Por la boca moría el pez, hasta el más gordo. La altivez le había traicionado.

—¿El qué? —Respondió—. No sé de qué me estás hablando ahora.

Me acerqué un poco más. Podía oler su incomodidad.

—Sabes de lo que hablo, Moreau.

—Empiezas a cansarme, Gabriel —dijo llamándome por mi nombre de pila. Ese hombre ocultaba algo atemorizado—. No me obligues a llamar a los de seguridad.

Rostro con rostro, me despegué y abandoné al escritor dejándolo a un lado. De nuevo, en silencio, me hacía propietario de la verdad, aunque nadie me creyera. Una nueva pista. Quizá la hipótesis de que Moreau no era él sino un doble careciera de sentido, pero estaba en lo cierto,

White también había descubierto algo relacionado con la noche anterior. Y estaba convencido de que no era el único. Sin embargo, el tiempo corría y apenas quedaban veinticuatro horas para que toda esa gente volviera a su domicilio y desapareciera para siempre. Un objeto, una persona. No imaginaba qué tendría tanto valor como para arrebatarle la vida a un escritor conocido. Nadie, en su sano juicio, haría algo así por la repercusión que tendría más tarde. Nadie, al menos, que leyera algo más que los diarios deportivos. Por tanto, debía ser rápido, reconstruir los hechos, entrevistar a los posibles testigos y elaborar una conclusión de peso. Llegado a ese punto, no podía confiar en nadie, ni siquiera en Soledad. Contárselo, tras el estrepitoso ridículo que había hecho delante de sus narices, no sólo cuestionaría mi verdad y la pondría en ridículo, sino que abriría un vórtice de problemas interminables capaces de minar nuestra relación.

Próximo a mí, avisté al escritor portugués. Había dejado de lado a la italiana para concentrar sus energías en la española. El macho acechaba Salvando las distancias entre Barbosa y yo, encontré en el portugués algo que hacía tiempo que había apagado en mí, esa chispa de la que muchos hablan cuando una relación sentimental se evapora. Barbosa me suplantaba y yo, pensando en otras cosas, me marchitaba apenado viendo cómo la mujer de mis días se iba con otro.

La emoción del evento se evaporaba con lentitud. La intención del cóctel no era otra que la de reforzar las amistades entre los invitados y crear otras nuevas. En lo que a mí concernía, había destruido toda posibilidad de empezar algo provechoso. Ignorado y solitario, caminé hasta un pilar y vi a una empleada que me observaba con lástima. Entonces, escuché el eco de unos zapatos que se acercaban. No le di la menor importancia. Supuse que sería algún miembro de la fiesta. De pronto, los pasos se silenciaron y los zapatos se detuvieron justo detrás de mi espalda.

Estaba tan nervioso, y abrumado al mismo tiempo, que fui incapaz de girarme. Allí, junto al redondo pilar, divisé el infinito mientras las pulsaciones de mi corazón se disparaban. Podía sentir el latir en mi garganta y el temblor de mis manos al sujetar la copa. Reconozco que sobreactué, pero el exceso de bebida y el trauma por el ataque matinal todavía me mantenían alterado. Durante varios segundos, se formó un silencio a mi alrededor. Un campo magnético que me separaba de la realidad. Frente a mí, todo seguía su curso: los invitados hablaban, reían y hacían chistes en inglés y portugués que carecían de cualquier tipo de gracia. En un rincón, Giancarlo Moretti comprobaba su teléfono y Nuno Barbosa observaba indeciso sin determinar a quién iba seducir esa noche. Era demasiado tarde, cualquier movimiento extraño no habría hecho más que dificultarlo todo. Si esa presencia había venido a callarme, allí estaba yo como un cordero a punto de ser sacrificado.

—¿Así es como te lo pasas en las fiestas ahora? —Preguntó una voz masculina con tono guasón—. Con lo que tú has sido…

El timbre inconfundible de la luz. La voz de un hombre que se marca a fuego en tus oídos. Era él, Rojo, el inspector, el policía, mi amigo y mi sombra cuando así lo creía conveniente. Como quien ve un espejismo, me quedé helado, paralizado por la sorpresa del momento. Hacía más de un año que no nos veíamos, a pesar de vivir en la misma ciudad. La pérdida de ese hombre, Gutiérrez, le había hundido.

—¿Te has quedado de piedra o qué? —Preguntó y se adelantó hasta ponerse a mi lado. Conocía ese perfil. Después me quitó la copa de champaña de las manos y le dio un trago—. Tienes los mofletes encarnados… Sí que aguantas tú poco.

11

Una mágica sonrisa se esbozó en mi rostro. Nos dimos un abrazo acompañado de varias palmadas en la espalda. Rojo olía a cuero y colonia masculina, de la que marca impresión. A diferencia del resto, iba vestido como siempre, como a él le daba la gana: una chaqueta de piel negra, vaqueros y botas. Su facha rompía con la estética del cóctel. Aunque no todos los invitados habían entendido las reglas de un evento de tal calibre, la presencia informal del oficial no pasaba desapercibida. Salimos al exterior del hotel y disfruté de una plaza iluminada bajo el cielo negro y cerrado, propio del fin del verano, que permitía ver los luceros con claridad. La brisa soplaba y, aunque no hacía frío, sí que se hacía notar entre los huesos. En la puerta del edificio había una pareja de americanos fumando un cigarrillo. Saludé con un gesto sin importar si me conocían o no y nos apartamos bajo el soportal de arcos para conversar.

—¿Qué haces aquí? —Pregunté sorprendido. Me alegraba de verle, pero su presencia siempre escondía algo detrás. Cada paso, cada palabra. Rojo era intencional—. ¿Ha sido ella?

Él contemplaba la belleza de la plaza, que se había despejado de turistas y ahora sólo quedaban viandantes que la cruzaban o aquellos que buscaban un paseo bajo la luz amarillenta.

—Parece mentira, Caballero —dijo afectado—. He venido

a verte a ti, ¿qué hay de malo en eso?

—Nada —respondí incrédulo—, si no fuera porque nos conocemos desde hace unos años.

—¿Y todavía me cuestionas? —Respondió—. No todos los días le dan un premio a un amigo, hombre…

—Venga, Rojo, no me toques la moral… —rechisté. Me estaba tomando el pelo—. ¿Ha sido ella?

—Digamos que, en parte, sí —dijo parco en palabras. No era consciente de cuánto había echado de menos a ese tipo, pero no se lo iba a confesar—. Perdiste tu teléfono, se puso nerviosa, me llamó… Podrías pensar en ponerte un cascabel, como los gatos…

Chistoso al igual que en antaño, Rojo me ocultaba información. Eso no había sido así precisamente. Soledad le había llamado mientras, supuestamente, ella esperaba en el hotel y yo ponía mi vida en peligro. Decidí seguirle el juego.

—¿Me estás contando la verdad, Rojo?

—Te puedo contar otra, si lo deseas…

Nos reímos, pese a que intentara evadir mis preguntas. Hablar con él era como golpear a un muro de ladrillo. Rojo era una de esas personas que sabía mantenerse al margen sin pasarse de la raya. Estar callado cuando tocaba, algo que yo llevaba muy mal y que, pese a tropezar numerosas veces con la misma piedra, seguía haciéndolo.

—¿Sabe ella que has venido? —Pregunté y le miré a la cara. El oficial se mostraba tranquilo. No parecía haber cambiado en absoluto—. No me ha dicho nada al respecto.

—No, no lo sabe… —respondió con voz seca—. Le dije que aparecerías tarde o temprano. Siempre lo haces, ¿no?

—Más o menos.

—¿En qué lío te has metido esta vez? —Preguntó con tono paternal—. Después de un tiempo, no soy quién para meterme en tu vida, pero te dije que…

—Sí, ya sé lo que me dijiste sobre ella —contesté interrumpiendo su sermón—. Parece mentira que seas mi amigo, deberías estar de mi lado.

—Y lo estoy, atontao —contestó dándome una palmada en el hombro—. Simplemente, si tú te mantienes quieto, el resto se mantiene en orden. Matemática pura.

—Pues esta vez no es así.

—Sorpréndeme, listillo…

—Eres la última persona a la que le voy a contar esto —contesté apuntando con el índice. Lo reconozco, no estaba en mis horas más altas—. Después del ridículo, si no me crees, saltaré desde lo alto.

—Menos lobos, Caperucita…

—Rojo —dije y me acerqué a él para que no nos oyeran—. Este concurso es una maldita farsa. Se han limpiado a un extranjero y han intentado matarme a mí también… Y, lo peor de todo, es que nadie me cree.

El policía se cruzó de brazos y echó la espalda hacia atrás.

—Explícate mejor, anda.

—Anoche me fui a tomar unas copas con uno de los finalistas —continué excitado con la historia—. Jean-Luc Moreau, el reportero y escritor francés, no sé si te sonará…

—Claro que me suena —dijo interrumpiendo—. Está relacionado por sacar a la luz información comprometida del anterior Primer Ministro francés… Un tipo que se junta con yihadistas no es trigo limpio.

—No sabía que estuvieras tan puesto en estos temas.

—No me hagas reír y continúa…

—Pues, durante la noche, algo sucedió —expliqué como pude—, algo que no logro recordar… Sólo sé que hubo testigos… y que tuvo que ocurrir algo tan grave que esta mañana nadie quería hablar de ello… La única persona que recordaba un poco era White… y lo he encontrado sin vida.

—Un momento, un momento, pon el freno… —dijo mostrándome las manos para que retrocediera—. ¿Qué clase de cogorza agarraste anoche para no recordar nada?

—No lo sé —contesté—. Empiezo a pensar que me

drogaron.

—Eso ya lo sabes hacer tú solo... —replicó y se quedó pensativo durante unos segundos. No supe ver en su rostro si me creía o buscaba la forma de mandarme al carajo—. ¿Has hablado con el francés?

—Sí, y hay algo detrás que intenta ocultar.

—¿Cómo lo sabes? —Preguntó serio—. Desenfunda, Caballero. Dame detalles.

—Maldita sea, Rojo —reproché agitado—. No los tengo... Me ha dicho que me mantuviera al margen cuando le he amenazado con que sacaría la verdad a la luz.

—Te he dicho mil veces que no hagas eso, zoquete... Esa frase da grima... Por cierto, he leído que también está por aquí Giancarlo Moretti, ¿es cierto? —Preguntó y despertó mi curiosidad—. Es un tipo bastante turbio. Los carabineros italianos llevan años buscando pruebas para meterlo entre rejas.

—Es un poco reservado, pero no parece mal tipo.

—¿Qué pinta aquí?

—Su mujer es escritora —expliqué—. Ha sido finalista del concurso. En cuanto la veas, sabrás quién es.

—¿Es bonita?

—Muy bonita.

—Bueno... —rectificó—, qué importa eso... ¿No te has planteado que ese hombre haya intentado limpiarse a White?

—Pues... no —contesté desorientado—. ¿Por qué habría de hacerlo?

—Porque es un mafioso —asintió rotundo—, y los pistoleros hacen eso, limpiarse a todo el que molesta.

Tenía que darle la razón. A pesar de su estrambótica y llamativa apariencia, en ningún momento me había planteado una teoría así. Quizá no fuese una de esas personas que juzgaba al resto por su apariencia o el historial que colgaban detrás. Siempre había pensado que quien estuviera libre de pecado, debería tirar la primera piedra, y ése no iba a ser yo.

—Hombre, es un poco arriesgado pensar de esa forma...

—Peor me lo pones —continuó el policía—. Esta gente hace esas cosas. Aprovecha el poder para callar a otros y manipular los resultados. No te digo que el francés esté metido en otros asuntos igual de turbios... pero no descartes que ese inglés supiera algo sobre su mujer y el italiano temiera que se fuera de la lengua.

—Cómo no le haya escrito el libro un escritor a sueldo...

—Piensa lo que quieras, pero no descartes lo inverosímil.

La semilla germinó en un abanico de posibilidades. A partir de entonces, no podría mirar a los ojos del italiano como había hecho hasta el momento y, todo, porque Rojo me había convencido de ello.

Después nos acogió un silencio tenso.

—¿Cómo te va con ella? —Preguntó reanudando la conversación—. ¿Cómo llevas la convivencia?

—Lo segundo, bien —contesté con las manos en los bolsillos—. Lo primero, no tan bien... Tengo la sensación de que voy a mandarlo todo al traste, una vez más.

—Ella es una buena chica.

—Sí, también me lo dijiste —volví a repetir—. Eso no significa que no se harte de mí. Todas lo hacen, tarde o temprano.

—Algo habrás hecho, Caballero, no seas tan cenizo... —recriminó con una mueca—. Tú siempre siendo un culo inquieto... Es una buena chica, con valores y que sabe lo que quiere... ¿Qué más buscas? Primero me extrañó que se fijara en ti, pero no eres tan cretino como finges ser a veces. Supongo que ella también se ha dado cuenta de esto último.

—Joder, Rojo... —dije y le di una palmada en el brazo—. La vida sin ti es muy aburrida.

—No puedo decir lo mismo de ti —contestó con burla—. He ganado algunos años de salud...

Antes de que terminara la broma, Soledad apareció por la puerta de la entrada principal. Un triángulo de tensión eclipsó a los tres dejándonos sin palabras. Ella caminó hacia nosotros y Rojo mantuvo los labios sellados. Vi que tenía frío en los brazos y, antes de que dijera algo, me quité la chaqueta del traje y se la puse por encima de los hombros. Ella lo agradeció con una sonrisa silenciosa y miró al oficial.

—Buenas noches, Francisco —dijo con un tono de voz extraño. Sentí curiosidad por saber la cantidad de pensamientos que circulaban por su cabeza en ese momento.

—¿Qué hay, Soledad? —Dijo él meticuloso en sus palabras—. Cuánto tiempo sin vernos.

Un triángulo incómodo en el que me sentía desplazado. Ambos, compartían una serie de recuerdos que ninguno de los dos se había esforzado en profundizar delante de mí. Conocía sus pasados, el papel que el padre de Soledad había tenido en su adolescencia y cómo había fallecido en un tiroteo junto a Rojo. Un episodio trágico, una venganza articulada por el oficial y un silencio perpetuo. Y, como siempre, Rojo desaparecía de su vida sin dejar rastro. Sin duda, la historia de aquellos dos no era para mí. La brisa de la calle me había despejado las neuronas y los efectos del alcohol empezaban a aclararme la cabeza. Pese a que me alegrara de ello, no entendía muy bien qué hacía allí Rojo, y tampoco me había tragado la excusa que me había puesto. Por el contrario, saber que los dos estaban cerca, me daba seguridad, una sensación de protección que no sentía desde hacía tiempo.

—Ha pasado un poco desde la última vez que nos vimos —dijo el policía dirigiéndose a Soledad que, lejos de ser la adolescente que conocía, ahora era una mujer hermosa y atractiva—. Eras una chica más… joven.

Rojo era entrañable. Su ausencia de tacto con las mujeres le impedía hablar como a una persona normal.

—Tú no has cambiado, Francisco —dijo ella. Era extraño que Soledad le llamara por su nombre. Sonaba familiar—, si es que puedo llamarte así…

—Claro, claro… —dijo con una risita nerviosa—. No estamos de servicio y tú ya no eres una chiquilla.

—Hablas como un viejo, Rojo… —añadí yo. Ambos me miraron extrañados—. ¿Por qué no os relajáis un poco?

—Madre de Dios, la de vueltas que da la vida… —murmuró Rojo—. Hay que ver… que después de todo, hayas encontrado al mendrugo este.

—Creo que esta noche he tenido suficiente.

—Como todo mendrugo —dijo Soledad mirándome con

cariño. Con ella, siempre había un halo de esperanza—, sólo necesita reblandecerse de vez en cuando... ¿Puedo preguntar qué haces aquí en Lisboa?

—Ha venido a verme —intervine. Vaya pregunta, ella misma le había llamado. Aunque Soledad sabía que no era cierto lo que había dicho, los intereses de Rojo distaban de los suyos. Él era mi amigo y ella mi pareja. Si Soledad descubría cómo Rojo lidiaba con algunos aspectos de su vida, descarrilaríamos los tres juntos—. ¿Te lo puedes creer?

—Eso sí que es una sorpresa —contestó ella estirando los labios—. Sobre todo, después de no haber dado señales durante más de un año... Gabriel, estas personas nos han invitado a cenar y quieren que vayamos en taxi... ¿Por qué no vienes con nosotros?

El comentario llegó afilado como la punta de una lanza.

—¿Quién, yo? —Preguntó el policía e hizo una mueca—. Ni en broma, no, no, intelectuales no... por favor.

Dos Mercedes negros y antiguos se detuvieron en la puerta del hotel. Nuno se subía en uno de ellos y, con él, el matrimonio Moretti. En la distancia, observamos el perfil de Giancarlo, tieso, repeinado y con su intermitente semblante de sospecha.

—No creo que haya problema por uno más —insistió ella con ironía—. Además, las apariencias engañan.

—De verdad, os lo agradezco —dijo complaciente y miró de reojo a la plaza—. Mi hotel no está muy lejos de aquí y he llamado a un amigo para ponernos al día, ya sabéis, de cuando en España y Portugal existían las fronteras...

—Como quieras —sentenció ella algo decepcionada—. Nos veremos mañana, entonces.

Soledad se despidió y caminé hasta el segundo coche.

Antes de marcharme, me acerqué a despedirme de mi amigo.

—¿Está enfadada? —Musitó Rojo agarrándome del brazo—. Parece que le haya sentado mal.

—Ha sido un día muy largo —dije quitándole

111

importancia—. Lleva cuidado con la ginja.

—Cuida de tu sombra —respondió él riéndose nuevamente de mí—. No puedes quejarte… Ahora tienes dos niñeras.

Rojo continuó su paseo hacia la rua Augusta y yo me subí al sedán.

El interior estaba oscuro y por los altavoces sonaba música clásica. Solté aire y me senté relajado al oler el perfume de Soledad. El conductor se puso en marcha y tomamos la primera calle en dirección, una vez más, al barrio de la Alfama. Las luces de los semáforos se mezclaban con los faros de los coches. Estaba cansado, necesitaba un respiro y comer algo, aunque rechazaba abandonar. Iluso de mí, consideré que, tal vez, el enigma que envolvía a Moreau podía esperar unas horas.

12

Lisboa se vestía de noche, las calles se abarrotaban de jóvenes que bebían en las aceras y adultos que paseaban o llenaban las terrazas de los restaurantes. Hacía una noche espléndida, no muy calurosa y tampoco demasiado fresca. El Puente 25 de Abril brillaba uniendo la capital con Almada. Era idéntico al que aparecía en los anuncios de seguros de vida, a la construcción roja que identificaba a San Francisco como la ciudad de las cuestas y de las persecuciones. La capital lusa tenía algo de ese aura, y era considerada como el San Francisco europeo, quizá por su entramado de callejuelas y el ambiente que se respiraba. La experiencia más cercana que había tenido con la ciudad californiana, había sido gracias a la literatura y al cine. Recordé a Steve McQueen con el cinto de la pistola colocado y a manos de su Ford Mustang verde.
Subimos una pendiente y nos detuvimos en un paso de peatones. El taxista seguía el rumbo del coche que iba delante. Soledad parecía molesta por algo. Preguntar, era peligroso. Puede que fuera yo, Rojo o mi afán por destrozar la velada. Charlar en la calle, me había sentado como una ducha fría. Las burbujas se desvanecieron y parecía recobrar la tranquilidad en la dialéctica. Mi mano posaba en el espacio que había entre los dos asientos, a la espera de que ella aprovechara su turno y mostrara un acercamiento, pero no se movió y eso hizo saltar mis temores. Si, por un lado, era una mujer paciente y férrea,

por otro, no le gustaban las sorpresas inesperadas, al menos, las que estaban relacionadas conmigo y con el inspector.

—¿Qué casualidad que Rojo haya venido a Lisboa, verdad? —Preguntó mirando por el cristal. A nuestro lado, fachadas de edificios, bares, pequeños restaurantes en los que declarar un amor prohibido, jóvenes quemando la noche y alboroto desmesurado—. Supongo que ya estarás más tranquilo.

Sentí cierto resquemor en sus palabras.

Acerqué mi mano a su muslo y la toqué con cuidado. Su piel estaba fría y ella ni siquiera osó mirarme.

—No quiero que te enfades, Sol —dije con voz culpable—. Yo tampoco le esperaba. No tendrías que haberle llamado…

—Me pregunto si tú también le cuentas nuestros secretos —contestó resentida—. En fin, me da igual, Gabriel. Haced lo que os dé la gana.

Retiré la mano.

—Estás siendo algo injusta conmigo —recriminé—. Las diferencias personales que tú tengas con él, son cosa vuestra.

—A veces, toda tu inteligencia se derrama por un agujero… —contestó insolente—. ¿Acaso crees que tu amigo ha venido aquí a verte? ¿Que se ha leído alguno de tus libros? Despierta de una vez, si es que puedes salir de tu propia nebulosa.

—¿A qué viene todo esto? —Cuestioné irritado. No entendí qué sucedía, ni por qué me hablaba así. Soledad estaba descargando sus frustraciones allí dentro—. Si es por lo del francés… En fin, siento haberte arruinado el fin de semana… pero te dije que te quedaras en Alicante y descansaras… Ya sabes cómo son estos viajes.

—Será mejor que te calles, Gabriel —contestó tajante. Los músculos de su rostro se tensaron—, si no quieres seguir cagándola… Se supone que soy tu pareja, tu novia, tu amiga y tu confidente… y te apoyo en lo que haces, me gusta hacerlo y estar a tu lado en los momentos importantes… No me vengas con esas ahora… Tan sólo intento decirte que Rojo no está aquí por ti, sino detrás de algo… Y no tardará en usarte, como lo ha hecho siempre.

Respiré profundamente antes de provocar una combustión que incendiara el interior del vehículo. Soledad acusándome de ser un pardillo, un primo, de dejarme utilizar. El taxista miraba por el espejo retrovisor buscando el momento para decirnos que estábamos llegando. Yo me tragaba las palabras y, lo peor de todo, estaba a punto de sentarme con un grupo de gente que me producía ardor en el estómago.

El vehículo se detuvo frente a la puerta de un restaurante. Estábamos en lo alto de la Alfama, una vez más, aunque en una calle que todavía no habíamos visitado. Cordeles con bombillas pequeñas de colores colgaban de los balcones. La vía estaba, dentro de sus posibilidades, cuidada y reformada. Era un lugar de tránsito. Los Moretti abandonaban el coche junto al portugués, que lideraba al trío.

—Crees que soy un egocéntrico, es eso, que sólo busco llamar la atención… —dije mirándola de reojo. Ella seguía sin girar el rostro—. Dime la verdad.

Apretó los ojos y los puños y los movió de arriba a abajo.

—¡Basta, Gabriel! ¡Por Dios! —Explotó dando una palmada contra sus rodillas y finalmente me penetró con la mirada—. ¿Pero qué coño te pasa hoy? ¡No lo arruines más, por favor! De verdad… Estoy teniendo demasiada paciencia esta noche contigo. Tan sólo te pido que no me estropees lo que queda de ella.

Guardé silencio, le di un billete de diez euros al conductor y me bajé del coche. Me hubiese gustado decirle que haría todo lo posible y que le compensaría por los daños morales de la jornada. Pero no fui capaz, y no lo fui por una simple razón. Por mucho que lo deseara, por más que quisiera actuar como el hombre cándido y templado que nunca se mete en líos, era incapaz de hacerlo, de un modo u otro. Había algo en mi interior, algo que solucionar, algo roto que no respetaba las normas. Había crecido creyendo en los códigos y en una forma determinada de actuar. Y, puede que fuese muchas cosas, unas buenas y otras no tanto, pero siempre cumplía con mi palabra. Faltar a ella, era como faltar a mis principios. Prometerle a Soledad que estaría quieto, como un niño en una silla, era prometer lo imposible, aunque eso terminara con nuestra relación.

El coche nos había dejado en el número 176 de la rua dos Remédios, una ruinosa y estrecha calle del viejo barrio de la Alfama, que se había convertido en una zona de visita heterogénea para turistas y locales. Fachadas coloridas y desgastadas con los años. Antenas parabólicas de televisión clavadas junto a las ventanas y ropa tendida en plena calle. Necesidades a dos velocidades. A mi alrededor, tiendas de vino, de ultramarinos y minúsculos locales que funcionaban como cafeterías y restaurantes de mala muerte. Tuve la sensación de que todos los bares de fado se encontraban en la misma calle, pues era uno de los barrios emblemáticos del folclore portugués, así que entendí que el luso nos llevaría a uno de los mejores, dispuesto a sorprender a las mujeres y marcarse un tanto ante los varones. En realidad, lo que hiciera o no ese cretino me importaba lo más mínimo. No tenía fuerzas ni ganas para pensar en mi relación. Era consciente de que no le estaba dando el viaje que Soledad esperaba, y eso me removía las tripas. Pero de nada servía lamentarse por lo ocurrido. Si había transcurrido así, era por una razón. Lamerse las heridas era lo que hacían los perdedores. Por tanto, quise interpretarlo como un enfado que mi compañera entendería a la larga, aunque qué iba a saber yo: en situaciones más favorables lo había perdido todo. A esas alturas de la vida, y por mucho que amara a Soledad, ni el amor se decidía en una noche ni mis nervios podían depender de lo que un sabueso portugués hiciera. Afortunadamente, Soledad era más inteligente que yo para no dejarse embaucar por los trucos baratos de otro escritor soltero, o eso ansiaba creer yo. Sólo me quedaba rezar y atender a sus plegarias.

La discusión del coche provocó que ella no me esperara y entrara junto al resto. Eché un ojo a la calle y no me gustó lo que vi, pero era demasiado tarde para volver y los taxis ya se habían marchado. El Senhor Fado era un restaurante clásico que recordaba a las tabernas españolas en su cierta medida: guitarras de diferentes tamaños colgadas de las paredes, mosaicos de azulejos en las paredes, muebles de madera, una barra cerrada al fondo y ladrillo en el arco de las puertas que llevaban a los baños y a la cocina. Las mesas estaban abarrotadas de gente, en su mayoría foránea, que bebía vino y disfrutaba de los platos locales a base de marisco, patatas asadas, pescado y arroz. El fado, como el flamenco, se había quedado para un reducto de locales que seguían manteniendo las tradiciones folclóricas del pasado y para una masa visitante ansiosa por conocer todo aquello de lo que carecía en su país. Como parte de este segundo grupo, tenía curiosidad e interés por conocer la cultura de un pueblo vecino con el que poco había tratado. Sin embargo, me resultaba descabellado comprobar cómo viajar se había transformado en una actividad de consumo exacerbado, desesperado por tener la foto, visitar el lugar y comer lo mismo que otras miles de personas, con el fin de poder hablar de ello más tarde, olvidándose de disfrutar, por un pequeño instante, de los placeres de la existencia y las maravillas del ser humano. La estupidez en su estado puro.

En la entrada del restaurante me topé con un pequeño hombrecillo de decoración, calvo y vestido de traje. Una entrada sin puerta y con un arco de ladrillo en lo alto y, junto a ésta, Sabrina Moretti, que miraba la pantalla de su teléfono. Acaricié su codo como gesto de camaradería y esbocé una mueca levantando ligeramente los hombros. Ella me respondió con una sonrisa, como solía hacer, mostrando la dentadura blanca y perfecta que hacía juego con el color de su piel. Sabrina me acarició el brazo y guardó su teléfono.

—¿Es bonito, verdad? —Preguntó refiriéndose al local—. Me muero de hambre, si te soy sincera.

—Ya somos dos… —dije y avisté al portugués al fondo, junto a Soledad y Giancarlo Moretti, con intenciones de sentarse en la última mesa vacía que quedaba en el restaurante—. Siento haberos dejado a solas tanto tiempo…

—Oh, descuida —respondió con gracia—. Soledad es muy simpática y ese Nuno… un poco pesado. Parece que, por fin, tenemos un momento a solas para conversar.

Me temí el peor de los pronósticos. El italiano terminaría chafándome la cabeza contra un bordillo si me quedaba allí por mucho tiempo.

—Eso precisamente quería yo hacer… —dije puse la mano en su cintura para dirigirla hacia la mesa mientras conversábamos. Ella accedió y pareció apreciar el gesto. Su marido apenas la tocaba—. ¿Qué sucedió anoche, Sabrina? La escritora soltó una carcajada ligera.

—Anoche sucedieron muchas cosas, Gabriel —contestó tuteándome. Había roto las distancias—. No me extraña que no puedas recordar… Tenías la mirada nublada.

—Quizá, si me ayudaras… —sugerí—, podría deshacerme de este malestar.

—Todo depende de por dónde y cuándo quieres que te ayude a recordar.

—Maldita sea, Sabrina —rechisté caminando despacio para no llegar a la mesa—. Empieza por el principio, como siempre se ha hecho… White me dijo que tu marido golpeó a Barbosa. ¿Es eso cierto?
La mujer se echó una mano al rostro.

—Lamentablemente, así fue —explicó abochornada—. Ahora entiendes que no quiera estar aquí.
Su respuesta me pareció de lo más hipócrita.

—¿Por qué razón? —Pregunté intrigado. Y lo mejor de todo: Barbosa no presentaba ni un rasguño—. Tu marido parece un hombre tranquilo…

—Mi marido protege sus intereses —dijo ella—. Está claro que Barbosa y Moreau tenían una deuda pendiente, pero fueron demasiado groseros conmigo…

—Un momento, yo no recuerdo haber estado con vosotros…

—En realidad, no estabas —aclaró—. Tú estabas bebiendo, ahogado en un vaso de cristal... Giancarlo y yo entramos, por equivocación, en ese bar...

—¿Qué bar?

—No recuerdo el nombre, no era nada especial —prosiguió buscando en mis recuerdos—. Estabais tú, White y Moreau... Luego llegó Barbosa, con esa asistenta...

—Al menos, algo empieza a cobrar sentido.

—¿Sabes, Gabriel? —Me dijo acercándose a mis labios—. Tú eres el único hombre de verdad que había allí... Les mandaste callar en varias ocasiones y Barbosa casi te golpea por mí...

—¿Y qué pasó?

—Giancarlo regresó de la barra y se encargó del resto —contestó ella—. Ese imbécil tuvo su merecido.

—Sigo sin entender por qué discutíais —respondí y entendí el desprecio que el portugués mostraba hacia mí—. ¿Cuál era la razón?

—¡Ay! ¡Ya vale! —Exclamó resentida. Parecía molestarle más que a mí recordar los detalles—, pero, que conste que yo no te he dicho nada.

—Soy una tumba, Sabrina —respondí asintiendo con la cabeza. Desde la mesa, el resto nos miraba con recelo—. Sabes que puedes confiar en mí.

—Moreau y Barbosa estaban convencidos de que uno de ellos ganará el certamen —susurró a centímetros de mí sin cambiar de expresión—. Les dije que estaban equivocados, pero me despreciaron con sus palabras... hasta que ese flaco de White, borracho y desatado, dijo algo desconcertante...

—Algo... ¿Como qué, Sabrina? —Pregunté desesperado—. ¿Qué sabía White? El tiempo corre y nos están esperando.

—No repetiré sus palabras, Gabriel, todos sabemos cómo funcionan este tipo de concursos... —sentenció con un gesto de mano—, pero te diré una cosa... Me alegro de su indisposición... Su ausencia equilibra la partida y dio una vuelta al tablero.

Sabrina dio un paso al frente y la agarré del brazo con una ligera presión en el músculo. Ella me miró, esta vez con rechazo.

—Dime qué dijo White.

—Suéltame, Gabriel.

En la mesa quedaban dos sillas libres y juntas que dejaban a un lado a Soledad y al otro, a Giancarlo. No era una casualidad. Tomamos nuestros respectivos lugares y guardamos silencio por unos segundos. Nuno Barbosa empezó a mezclar el inglés con vocablos portugueses y a leernos la carta en voz alta. Menudo personaje, pensé, pero yo habría hecho algo similar si hubiese estado en su posición. Los hombres tendemos a menospreciar a otros, sin importar la condición, en el momento que reciben más atención que nosotros. Era algo instintivo, biológico. Un síntoma tribal. Me hubiese gustado romperle los dientes allí mismo pero, ahora que conocía parte de la noche anterior, entendí sus temores y complejos. Barbosa pidió vino portugués y el italiano lo miró con repulsión. Todos pidieron pescado y yo, que no fui menos, opté por una *cataplana*, un plato típico de la región de Algarve formado por gambas, almejas, mejillones y pescado, todo ello bañado en una salsa y servido en una sartén con forma de paellero. Bebimos, brindamos con engaño y dejé que la conversación llegara a los postres, para poner fin a la velada. El coqueteo con el portugués era cada vez más notable. Sin descaro alguno, se dirigía a Soledad evitando que nadie pudiera interferir en la conversación. Ella, que no le amargaba un dulce, seguía los comentarios del escritor luso. Al otro lado, Sabrina y Giancarlo comían y bebían en el más absoluto de los silencios. La breve conversación me llevó a pensar varias cosas, teorías que no había tenido en cuenta hasta el momento y malos presagios para lo que quedaba de velada. Si era cierto lo que esa mujer me había contado, la historia de Moreau cobraba sentido, así como la de White, pero tomando otro rumbo. En lugar de pensar en secretos y conspiraciones, se reducía a un homicidio rutinario, propio de un matón profesional. Entre líneas entendí que White, quien las mataba callando, conocía que él iba a ser el ganador. Tal vez, por esa razón, fuese tan pesimista, una fachada para desmarcarse del resto. A diferencia de los otros escritores, quería dar la patada en el acto final. El exceso de whisky puso su lengua en jaque, y el italiano debió de encargarse toque de gracia, o tal vez no y puede que todo estuviera pactado por el resto de escritores, todos... menos yo, una vez más. De ser así, no me habría importado. Moviendo la cucharilla en el interior del café *preto* que me habían servido, me cuestioné varias veces si esa era la razón por la que Moreau me había llevado aquella noche, el motivo necesario para tener una coartada en caso de que se descubriera el crimen.

Los puntos conectaban y las piezas encajaban demasiado bien como para que fuesen ciertas. ¿De verdad habían planeado deshacerse del inglés a toda costa? ¿Tan grandes eran sus egos como para llegar a ese extremo? Pensándolo a conciencia, eran escritores, personas que vivían de sus libros y de la opinión pública. Seres humanos capaces de hundirse y transformarse en seres despreciables por una mala crítica en el periódico. A fin de cuentas, artistas débiles y pasionales. No era de extrañar que todos presentaran dependencias, adicciones y conductas extravagantes.

La cabeza me dio un vuelco y sentí que perdía el equilibrio por un segundo. Demasiados razonamientos en pocos segundos. Un conjunto de fado se colocó a varias mesas de nosotros y comenzó a tocar la música melancólica y desgarradora, tan típica y por la que habíamos pagado. Una mujer se arrancaba a cantar a pleno pulmón. Las lágrimas de algunos se derramaban por sus mejillas. Para ser sincero, habría preferido dejarlo en un crimen callejero, olvidarme de todo y quedarme dormido en el hotel. Pobre

White, pensé mirando a esa mujer de pelo oscuro que cantaba, y pobre de mí si no me alejaba de ellos. Debido al vino, el calor de la sala, el ruido de guitarras y la absorción de mis pensamientos, apoyé mis dedos en la espalda de Soledad para encontrar un punto de apoyo. De repente, por debajo de la mesa y junto a su rodilla, vi la mano del portugués acariciando los dedos de mi pareja. Sentí un grito interno que me puso en pie de un salto. No pude controlar mi reacción, ni la de Soledad. Menudo mamonazo ese Barbosa. En un instante, me olvidé del fado, de la visita, del certamen y de lo que estaba ocurriendo a mi alrededor. A tomar viento, pensé. Un pitido fuerte atravesó mis tímpanos. Estaba furioso, con ganas de romper algo. Vi la sonrisa del portugués, el rostro estupefacto de Soledad y, sin pensarlo un segundo, le solté un puñetazo directo en la cara a Barbosa. Algo crujió. El golpe fue tan certero que se cayó de la silla al suelo y, con él, los platillos y las tazas que había sobre la mesa. Ruido y estupor. La música se detuvo y un bullicio nació de la nada. Yo estaba de pie, desorientado y con intenciones de patearle el trasero a ese cretino. Me había sacado la versión más macarra que tenía. Humillado, se levantó con cara de víctima y me esputó algo en portugués que entendí que no sería de mi agrado. Giancarlo Moretti aplaudía desde su asiento disfrutando del espectáculo y Sabrina mantenía el rostro frío que había guardado tras nuestra conversación.

—¡Gabriel! —Gritó ella levantándose de su sitio—. ¡Espera!

Al cuerno con todo, pensé, agarré mi chaqueta y salí de allí sin mirar atrás. En esta vida hay que saber cuándo dar un golpe en la mesa, levantarse y decir basta. Yo había esperado demasiado y aquella fue una de las consecuencias de mi error. Quien no se preocupa de sí mismo, es incapaz de mirar a los demás con transparencia.

Abandoné el mesón y caminé cuesta abajo por una calle que, lejos de ser transitada, parecía un suburbio silencioso y peligroso. Puede que la Alfama tuviera su encanto de día, pero lo perdía todo durante la noche. Desde las ventanas, sentía las miradas de los curiosos, que aguardaban tras el visillo. Comprobé la hora, quedaban algunos minutos para la medianoche. Continué en dirección recta, con la esperanza de salir de allí pronto. No tenía miedo, pues en los bolsillos no guardaba más que la billetera, limpia y con menos de cien euros en su interior, una cantidad suficiente para ahogarme en la barra de algún bar y dar por finalizada la velada. Las cosas no habían salido bien desde el primer momento. No me arrepentí de golpear a ese idiota. A Barbosa le gustaba morder el polvo. En ocasiones, la vida no hace más que ponernos a prueba, y ésta era una de ellas. Al pasar por delante de una tienda, crucé unas escaleras que subían hacia otra calzada. En la oscuridad, advertí a un hombre en el suelo y a dos sombras.

—*Ajuda!* —Gritaba dolorido. En un primer instante, ignoré lo que había visto puesto que ya había tenido suficiente. Sin embargo, pese a todo, no existe nada mejor que ver a alguien más jodido que tú para olvidarte de lo tuyo. Y así hice, dejando atrás mis contratiempos, me acerqué a socorrer a un hombre apaleado que se alzaba del pavimento con dificultad.

Subí los escalones jadeando. Cuando me acerqué a él, desapareció por una de las escaleras.

—¡Eh! —Grité en la noche—. ¡Espera!

Desprevenido, recibí un fuerte golpe en el costado y caí al suelo. Al puñetazo, lo acompañaron varias patadas por ambos lados del cuerpo. Ahora, el hombre apaleado era yo. Me tapé el rostro con las manos y entendí que no había sido buena idea.

13

Cuando los puntapiés hubieron cesado, me alegré, afligido, de que no me hubiesen partido la cara. El rostro era la parte más importante del cuerpo cuando se recibía una paliza, la carta de presentación, la única forma de entrar a donde quisiese sin que me pidieran explicaciones. Un rostro manchado de sangre siempre arrastraría problemas, dramas y policías. Abrí los ojos y divisé las sombras de dos tipos vestidos con ropa informal aunque costosa. No tenían el aspecto de los típicos cacos de madrugada. Giré como un chorizo por el suelo y me lamenté en voz alta.

—No tengo nada, os lo juro… —murmuré en español cubriéndome el estómago con el brazo—. No me hagáis daño…

El reflejo de la farola me impedía verlos con claridad. Eran hombres, morenos y corpulentos, pero eso no significaba nada en una ciudad donde los rubios eran todos turistas.

—¡Este es un mensaje para ti! —Dijo uno de los hombres en 'portuñol'—. ¡Mantente alejado!

Después me volvieron a patear y se perdieron en la oscuridad. Un coche se detuvo en la boca de la calle. Como había imaginado, no eran delincuentes sino matones de quien estaba detrás de la muerte de White y el misterio de aquel certamen.

El vehículo era una patrulla de policía.

—*Tudo bem?* —Dijo el agente. Me levanté y caminé hasta ellos. Después me esforcé por explicar lo que había sucedido. Con amabilidad, los agentes me invitaron a subir en el coche e insistieron en llevarme a un hospital para comprobar las contusiones. Terco, me negué y supliqué que condujeran hasta el hotel en el que me hospedaba. Agradecido, les di las buenas noches y caminé cojeando hacia la puerta.

Para más inri, no tenía intenciones de retroceder en mis pesquisas y mucho menos de descansar, aunque mi cuerpo suplicara lo contrario. Si existía una persona que podía aclarar algo en todo ese embrollo, no era Rojo, ni Soledad, sino Jean-Luc Moreau. Estaba harto. Terminaría por donde había comenzado todo, en aquella posada. No me importaba lo que hubiese ocurrido antes o después. El francés acabaría cantando, por su bien o por el mío. Me acerqué a la recepción y pregunté por su paradero. El chico que trabajaba me explicó que Moreau no estaba en su habitación, pero que lo encontraría con facilidad en alguno de los bares que había por la praça Luís de Camões, lugar que había visitado antes y que no estaba muy lejos de allí. Tanto en Portugal como en España, pasada la medianoche empezaba la fiesta en los bares nocturnos. Cuando llegué al primer lugar que me había indicado el empleado del hotel, vislumbré a una multitud de gente y, en el fondo, al francés sentado en un taburete junto a dos chicas rubias. El bar tenía un local espacioso, con muebles de madera y tapicería antigua. Estaba permitido fumar en el interior y exhibía una completa biblioteca física con tomos en portugués principalmente. Un pinchadiscos ponía música de los ochenta junto a la barra y un joven barman preparaba los combinados. Caminé desvalido hasta Moreau, que no esperaba mi presencia, y lo alcancé por el hombro.

—¿Tú? —Preguntó pasando de la felicidad al ultraje—. ¿Qué cojones haces aquí?

Cuando quise saludar a las chicas, encontré un detalle familiar. Esos ojos azules como el Tajo no se olvidaban en un fin de semana. Era la chica del bolso, vestida de noche, junto a una de sus amigas y preparada para pasar una agradable velada. Su cabello dorado casi albino, propio de las mujeres del norte, combinaba con el tono de piel tostado por el exceso de horas al sol. Por fin la vida me daba un respiro.

—Esto sí que es una coincidencia —dije estrechándoles la mano—. Pensé que nunca te volvería a ver.

—La vida da muchas vueltas... —dijo ella enseñándome su dentadura perfecta—, casi tantas como una noria.

—¿Has venido otra vez a joderme la noche? —Preguntó molesto Moreau—. Antes no te he partido la cara por decencia, pero ahora no nos ve nadie.

—Sé lo de White, lo que sucedió anoche —contesté tranquilo y confiado. Tenía la verdad, el testimonio de esa chica italiana y a Moreau por las mismísimas pelotas—. Sabrina me lo ha contado todo.

El francés se quedó pensativo por un instante.

—Chicas, hacedme un favor —dijo y sacó un billete de cincuenta euros de su cartera—. Id a la barra y pedid otros cuatro martinis... Necesito unos minutos a solas.

Las escandinavas agarraron el papel y nos dejaron en paz. Estaba impresionado. De ser yo, no habría funcionado.

—Eres muy malo jugando al despiste, Moreau —dije con voz grave. Estaba seco y la zurra me había dejado sin fuerzas—. Me has subestimado.

—La verdad es que sí —respondió asintiendo—. Has demostrado ser más estúpido de lo que había llegado a pensar. Enhorabuena, supongo...

—No te pases de listo, no me conoces de nada.

—Ni tú a mí, Caballero —contestó desafiante—. Me caes bien, no tengo nada en tu contra, pero si te digo que te mantengas al margen, es por algo... No sé qué os pasa a los españoles, que sois incapaces de entender las cosas a la primera.

No descartaba propinarle el mismo final que al portugués, aunque tuviera otras razones para hacerlo.

—Me das pena, Moreau —interrumpí—. Todavía no

entiendo cómo te has metido en algo así... Limpiarte a White para ganar un premio literario... Supongo que, a falta de dinero, ya sólo os mueve el ego. El pobre White se fue de la lengua, otro ávido en cuanto hay que contar las medallas que tiene cada uno... Pero esto no quedará así, por mucha vergüenza que me hayáis hecho pasar, por muchos matones que me envíe el tal Moretti... A diferencia de vosotros, me he criado en la calle, ante el peligro, mientras vosotros estudiabais entre algodones.

—Corta el rollo, bocazas —respondió mirándome con cara de asco—. ¿De qué carajo estás hablando ahora? Yo no tengo nada que ver con lo de White... Ni siquiera sabía que estaba muerto.

Por un momento dudé de su palabra. El rostro de Moreau se encogió, como si la noticia le hubiese afectado de verdad.

—Es demasiado tarde ya —añadí con misericordia—. Esto saldrá a la luz y os iréis todos al trullo... Soy un hombre de palabra.

—¿Quieres hacer el favor de callarte de una vez? —Exigió con las manos en la cabeza—. *Mon Dieu!* Esto es una locura...

—Y tanto... —repliqué afligido—. Lo que no entiendo es por qué todas terminan por involucrarme... Incluirme era parte del plan, ¿verdad? Si estábamos todos, la policía lo habría tenido más complicado para encontrar al asesino... Porque no habría uno, sino cuatro sospechosos. Lo que no contabais era con que el españolito tuviera la mosca detrás de la oreja.

—No, no y no... —interrumpió de nuevo—. No había ningún plan. No sé por qué sigues hablando de eso. Cierra el pico de una vez.

—White me dijo que había descubierto algo.

—Maldita sea, te lo repito, Gabriel... Lárgate y deja el asunto en paz. Esto te queda grande y saldrás perjudicado, te lo advierto.

—Al toro, cuando lo calientan, le cuesta relajarse, ¿sabes?

—Hasta que le clavan el estoque —contestó el francés—.
No quieras acabar olvidado en una plaza… o como White.
Las dos chicas de cabello rubio angelical regresaron con las
bebidas. Una ráfaga de aire fresco entró de la calle. El
perfume embriagador de las mujeres me recorrió el rostro.
Sostuvimos las copas y brindamos con furor sin saber muy
bien por qué, ni por quién. Puede que fuese por el final de
todo, el mío, el suyo o el de ese certamen al que ya le había
cogido tirria.
—La vida es fácil, Caballero —dijo el francés sosteniendo
la copa y mirándome condescendiente—. Come buenos
platos, bebe buenos vinos, baila hasta que te agotes,
disfruta en buena compañía y haz el amor todo lo que
puedas… Un día, tarde o temprano, te arrepentirás de no
haberlo hecho así.
Aplícate el cuento, respondí en silencio dando un sorbo al
combinado, porque pronto estaría durmiendo en un
colchón barato y comiendo gachas vestido con un pijama
de rayas.
Entonces, como parte de una jugada de equipo ensayada,
las dos chicas intercambiaron sus posiciones y la joven, a
quien había salvado de perder sus pertenencias, se acercó a
mí chocando su copa con la mía. Mirarla a los ojos era
como sumergirse en un fondo marino.
—Gabriel, si no recuerdo mal —dijo con timidez en
español—. Mi héroe.
Reconozco que me hizo sonreír. Estaba vulnerable.
—Sabes idiomas y todo… Ojalá todo el mundo pensara
como tú, sólo cumplí con mi deber —respondí y alcé la
copa—. Por tu bolso.
La chica se meció el cabello a un lado. Por su lenguaje
corporal, interpreté que quería decirme algo.
—Vi tu foto en un cartel —explicó insegura. El valor
social hacía milagros en la opinión ajena—. Sabía que eras
un hombre… atípico, inusual.
—Lo tomaré como un elogio —respondí y reímos. Tenía
una expresión dulce y eso me llevó a pensar en Soledad, en

dónde estaría y si habría caído bajo las garras de ese truhán. No obstante, mi lugar no era ese, junto a una mujercita que ardía en deseos de llevarme a la cama. Mi lugar estaba con ella, con mi pareja, en nuestra habitación de hotel, donde supuse que me esperaría, o tal vez no, pero ese era un misterio que resolvería más tarde—. Eres una chica muy simpática, pero…

—¿Fumas? —Preguntó acercándose los dedos a los labios. Lo había dejado. A diferencia de lo que dijeran los médicos, no llevaba la cuenta de los días. Me resultaba inútil y banal, aunque funcionaba psicológicamente para muchas personas. Al parecer, llevar la cuenta de algo, le daba un uso práctico al cerebro. A punto de declinar su oferta, reculé y aproveché la ocasión para despedirme del francés, dejarlo disfrutar de sus últimas horas de gloria y pedir un taxi que me llevara hasta la cama. La chica me agarró del brazo y yo me dejé llevar por el movimiento de sus caderas. Paseamos hasta la salida y me sugirió que caminásemos unos metros para alejarnos de la multitud. Ella encendió un filtro y yo rechacé su oferta.

—¿Sabes? —Dije soltando un bufido por la nariz—. Si me hubiera quedado contigo a tomar una copa… nada de esto habría pasado. Parece que haya pasado una semana y apenas han sido veinticuatro horas…

Observé la luna, casi llena e iluminada.

Ella daba una calada a su cigarrillo con elegancia. Llevaba un vestido ajustado de color azul que le marcaba las curvas del trasero y terminaba en sus rodillas. Nada especial, nada espectacular. Simplemente, bonito.

—¿Crees en las casualidades? —Preguntó reflexiva.

—Sí, claro —dije con una mueca—. ¿Quién no?

—Yo, por ejemplo —contestó ella, dio la última calada y tiró la colilla al suelo. Después la aplastó con la suela del zapato—. Normalmente, lo que creemos fruto de la casualidad, no es más que parte del plan pactado por otros... Señales, símbolos, objetos… incluso personas. Un amor, un trabajo, un accidente… Todo lo que creemos que va a suceder, ya ha sucedido... Como si estuviera escrito en el guión de una obra de teatro.

—Interesante teoría —respondí escuchando su sermón trascendental. Existía gente que necesitaba compartir esa clase de pensamientos para convencerse de que, en ellos, también albergaba un poco de profundidad, algo más que una cara bonita—. ¿Qué pruebas tienes?

—Simplemente, lo sé... Gabriel.

Un coche francés de color negro se acercó hasta ella y se detuvo frente a nosotros. Las luces de emergencia se encendieron y entendí que habría encargado un taxi privado a través de su teléfono.

—Es mi taxi —indicó ella—. Sube, te llevaré a tu hotel.

—No te molestes —respondí a regañadientes. La oferta era tentadora, aunque no estaba por la labor de hacer nada que me perjudicara—. Pediré uno para mí.

—Por favor, Gabriel —insistió fingiendo que se enfadaba como una cría adolescente—. Déjame pagar la carrera... por lo que hiciste.

Soplé de nuevo. Esa chica me había convencido y yo no estaba dispuesto a discutir.

Me monté en el vehículo y di las buenas noches a un chófer vestido de traje oscuro. El coche era moderno y tenía la tapicería de cuero. El interior olía a nuevo y los cristales traseros parecían tintados.

El taxi arrancó y se dirigió a la costa. La bella escandinava comprobaba su maquillaje mirándose en un espejo. Después vi cómo el coche tomaba la avenida principal y nos alejábamos del centro de la ciudad.

—Un segundo, creo que vamos en la dirección contraria —dije nervioso al acercarnos cada vez más al famoso puente rojo. El cierre de la puerta estaba bloqueado—. Vamos en la dirección que no es...

Ella puso su mano en mi muslo y apretó con suavidad.

—Relájate, Gabriel —respondió con sosiego—. No te pasará nada si sigues el guión... Disfruta del trayecto.

14

Había sido presa de un cepo, una merecida trampa. La amabilidad, el deseo o tal vez la fantasía de subirme, aunque fuese por unos minutos, con esa dama en la parte trasera de un coche, me había transportado al abismo. El viaje era silencioso. A la izquierda, por mi ventana, tenía el puerto y las luces del puente que lo iluminaban durante la noche. Era una linda postal para el recuerdo si no fuera porque desconocía mi destino. La situación me sobrepasó al no intuir nada. La chica, Moreau, el cubo de Rubik mental al que me enfrentaba, Soledad, el portugués... Después de los años de experiencia acumulada, de nada habría servido tumbar al conductor con el propósito de huir. Era más que probable que mi acompañante fuese armada, si no iban los dos. Así que me limité a pensar, a anticiparme a los hechos, pero era complicado de adivinar.

El coche tomó una salida y se detuvo tras pasar unos hangares reconvertidos en restaurantes y bares nocturnos. Acobardado, tensé los músculos contra el asiento, aunque temí que se fueran a deshacer de mí allí. El seguro de la puerta se desbloqueó y alguien abrió desde el exterior. Entonces, la chica me sujetó del brazo por última vez y se acercó a mi rostro dejando su cuello a la vista. Olía extremadamente bien y le hubiera dado un bocado allí mismo bajo la pronunciada mandíbula, si no fuera porque estaban a punto de matarme.

—Espero que volvamos a encontrarnos... —susurró y me besó en la mejilla pegando sus labios como una nube esponjosa—. Adiós, Gabriel.

Miré al frente y vi a un hombre corpulento del tamaño de un armario, vestido de negro y con semblante serio. Me bajé del coche sin girar el rostro y topé con otro vehículo, esta vez, uno más grande y de fabricación inglesa. El hombre me cacheó el cuerpo y no encontró nada. Después abrió la puerta del automóvil y me invitó a que pasara. Vacilé en resistirme, pero el arma que asomaba de su cinturón frenó mis intenciones.

Si el corazón me palpitaba con frenesí, el ritmo continuó creciendo a medida que cruzaba el umbral de la parte trasera del vehículo. Me iba a dar un ataque allí mismo. Primero vi unas piernas finas, bronceadas y delgadas, y unos zapatos de tacón negro. Las piernas eran largas, estaban cuidadas y parecían suaves, como para perderse en ellas durante horas. El vestido era ligero, de noche y de verano. Conforme subía la vista, veía partes de un mapa que ya había recorrido con mis manos. Finalmente, estaba dentro. La puerta se cerró sin avisar y vi su rostro, sus ojos y su cabello de ángel, rubio y lacio como siempre. Esos labios encarnados, atrevidos y seductores. Unos labios capaces de convencer a cualquiera. No podía creerlo, pero era cierto. Sabía que volvería a ocurrir, sabía que volveríamos a vernos, aunque desconocía cuándo.

—Hola, Gabriel —dijo Eme con el dedo índice apoyado en su rostro, formando una ele con el pulgar, donde posaba su barbilla—. ¿Te alegras de verme?

El vehículo se puso en marcha, de vuelta a la ciudad. No me importaba a dónde fuéramos, no tenía escapatoria. En la parte delantera, dos hombres corpulentos vestidos de negro supervisaban nuestra conversación. Estaba nervioso, sentía un ligero cosquilleo en el estómago y frío en la parte inferior de las piernas. Eme parecía tranquila, relajada, esperando a que respondiera a su pregunta. La tapicería del coche era de piel de color vainilla. El vehículo era tan silencioso que parecía que estuviéramos parados. Miré por la ventanilla, vi las luces de los farolillos de la calle y pensé en lo pequeño que era el mundo y lo corta que podía ser, a veces, la vida. Mientras algunos escuchaban fado y tomaban vino en un rincón de la Alfama, alguien moría y era tirado al río y otra persona perdía su cartera a manos de unos rateros.

Eme se mostraba inmortal. Los años no pasaban para ella, haciéndola tan deseable como el primer día que la vi. No obstante, mis sentimientos habían cambiado, así como mi forma de pensar. Ella era como una de esas relaciones que se idealizan con el tiempo hasta que un episodio nefasto lo arruina todo. Eme representaba todas mis debilidades, mis pasiones y mis errores más personales. Supuse que no era el único de su lista, que ya tendría mucha carretera como para dominar el arte del engaño. El hombre, por defecto, siempre se creía más listo que la mujer y, cuanta más belleza exterior presentara, más fragilidad interna padecería. Sin embargo, no era más que otro cliché imperfecto y desafortunado. Un fallo que entregaba una ventaja abismal al otro sexo en cuanto estudiaba nuestra forma de pensar.

En mi caso, no me consideraba más listo que nadie, fuese hombre o mujer, y mucho menos que Eme. Por ende, debía pisar firme y con cuidado. Me enfrentaba a una dama que me había traicionado en el pasado y la traición se perdona, pero no se olvida.

—Pensé que estaba resolviendo un puzle —contesté apaciguando mi respiración—, cuando se jugaba una partida de ajedrez.

Ella mostró sus dientes.

—Tú siempre tan afilado con esa lengua —dijo y miró a la luna—. Como ves, nuestros caminos se unen, queramos o no.

—Hasta que uno de los dos los separa... —contesté haciendo referencia a la noche que me abandonó, dejándome a la suerte en aquella cama junto a los policías—. Esa chica de antes... Dime que fue una casualidad.

—Si es lo que quieres escuchar, no tengo problema.

Vi cómo los edificios se desplomaban sobre mi cabeza. Una trampa, un maldito laberinto de roedores. Eso es lo que había sido el viaje durante toda mi estancia. Yo jugándome la vida, creyendo que lo hacía, mientras ella movía los hilos, desde lo alto, como si tuviera una maqueta de cartón a pequeña escala de la ciudad y yo fuera uno de sus ratones.

—¿Tuviste algo que ver con la muerte de White? —Pregunté temeroso de conocer la verdad. Si ella estaba relacionada con el crimen, todo mi esfuerzo habría sido en vano—. Dime que eso forma parte de otra historia...

—Moreau tenía razón cuando me dijo que eras un terco y que no pararías hasta que te clavaran una estaca en el pecho... —explicó la mujer con voz pausada—. Pero era algo que yo ya sabía.

—¿Por qué White?

—Creo que te echaron demasiada escopolamina —explicó Eme—. Les dije que no abusaran.

—¿Escopolamina?

—En España lo conocéis como 'burundanga' —prosiguió. La 'burundanga' era una sustancia usada para secuestros, robos y violaciones, donde la víctima ingería el narcótico y olvidaba todo lo sucedido al día siguiente—. Es cierto que existen hombres y hombres… En tu caso, no se te puede comparar con el aguante de White.

—¿Me drogaste?

—Tenía que protegerte, Gabriel —dijo ella con voz maternal—. De lo contrario, lo hubieses arruinado todo.

—¿Qué está pasando, Eme?

Ella soltó una ligera risita. Los esbirros se mantenían con el semblante congelado.

—Jean-Luc Moreau no es el escritor que todos creéis que es —aclaró girando las piernas hacia mí—. Ahí donde lo ves, con sus trajes de sastre y el cabello ondulado, Moreau es un traficante de información que ha servido a la inteligencia francesa, inglesa y alemana durante muchos años, actuando como espía y usando su imagen pública de escritor como tapadera.

—No sé por qué, pero todo encaja.

—El certamen no es más que un evento accidental que Moreau estaba dispuesto a aprovechar para dinamitar al gobierno portugués —continuó, hizo una pausa y se ajustó la parte baja del vestido—. El francés tiene en su poder unos documentos que pueden poner en jaque al país, devolverlo a otra crisis, no sólo económica, y hacer temblar los cimientos de Europa… Por supuesto, beneficiando de nuevo a Francia.

—White lo sabía —intervine—. Sabía que estaba amañado y que él sería el ganador. Por eso lo mató.

—No exactamente… —rectificó Eme—. Tanto tú como Moreau habéis estado bajo vigilancia desde que pisasteis suelo portugués… Él, por las razones que te he dicho, y tú, para evitar desencuentros… Al parecer, el francés te vio con cara de novicio en estos asuntos y le caíste en gracia… Ya sabes, Gabriel, tú irradias simpatía… Reconozco que fue una jugada inteligente, pero fácil de resolver… hasta que se entrometió ese pálido inglés.

—Y nos drogasteis.

—Mis hombres no tuvieron opción —justificó segura de sus palabras y sin remordimientos—. Habíais bebido más de la cuenta, pero mis empleados no podían permitirse el lujo de que recordarais sus caras. Os invitaron a una copa, aceptasteis y nos llevamos a Moreau... Por desgracia, al contrario que a ti, la dosis no fue suficiente para ese inglés.

—Por eso lo matasteis.

—¿Qué esperabas?

—Nada, la verdad —dije desanimado. No le pregunté por el hombre al que socorrí, ni los dos que me patearon el trasero. Ella lo tenía todo bajo control. Era su estilo y yo su juguete—. ¿Qué pasa con Moreau ahora?

—Eso no es asunto tuyo, Gabriel —respondió molesta—. Como comprenderás, ahora que conoces la verdad, no puedo permitir que regreses y entorpezcas más mis planes.

La saliva espesa no bajaba por mi garganta.

—No me mates, Eme —pedí asustado y me agarré a la tapicería del vehículo—. Prometo dejarte tranquila.

Ella me miró, se acercó y sentí su perfume. Después me acarició el rostro con cariño y me besó en los labios con delicadeza, esos carnosos labios que parecían dos esponjas celestiales.

—Espero que a tu novia no le importe —susurró con la palma de la mano todavía en mi rostro—. Te devolveré de una pieza, te lo prometo.

Después se apartó y el vehículo se detuvo. Alguien abrió la puerta de su lado. Intenté empujar la mía, pero estaba bloqueada. Eme salió al exterior y un hombre le ofreció el abrigo. No sabía dónde estábamos, pero no importó. Apenas pude ver el lugar. Un hombre subió al coche. Parecían clones. Nos miramos y su expresión no era muy amigable.

—He perdido con el cambio —bromeé, pero no causó ningún efecto en su estado de ánimo—. ¿A dónde vamos?

—Pronto lo verás.

Tomamos una cuesta en plena noche. Los edificios eran antiguos y apenas transitaba gente por la calle. Era una zona desconocida que se alejaba del centro de la ciudad. No sabría cómo regresar, pero qué más daba eso, esperaba el peor de los finales. Ahora que conocía lo que se cocía entre Moreau y el certamen, mi vida corría auténtico peligro. Sin móvil, incomunicado y con dos mujeres que desconfiaban de mí. Bravo, me había ganado el pan ese fin de semana. Llegamos a un callejón hecho de adoquines y vi una callejuela similar a la del restaurante en el que habíamos cenado.

—Baja —ordenó el tipo apuntándome con una pistola negra. No me resistí.

Acompañado de tres hombres, entré por un viejo portal y subí las escaleras de un edificio que se caía a pedazos. Finalmente, llegamos a la cuarta planta con esfuerzo. Me dolía todo, apenas lograba caminar y me faltaba el aire. Miré el reloj, eran las tres de la mañana. Me quedaban doce horas para llegar a la entrega de premios y salvar a Moreau o, por lo menos, salvarme a mí. Era un apartamento oscuro y pequeño. Había un pasillo, dos dormitorios y una sala de estar. Olía a cebolla hervida y las paredes tenían un color amarillento por el paso del tiempo. También había algunos cuadros de imitación colgados por las paredes para tapar los agujeros de la luz. Entendí que era un piso franco, uno de esos lugares comprados para esconderse sin llamar la atención, en los que meten a rehenes y cargamentos de droga. Allí lo tendría complicado para escaparme y no me gustaba la idea de esperar hasta que todo hubiese acabado para salir con vida. Los hombres de Eme me obligaron a caminar hasta un cuarto del pasillo.

—Entra —dijo el mismo que me había ordenado que bajara del coche. El arma seguía apuntando hacia mí. Dudé si sería capaz de dispararme aunque, viniendo de Eme, podía suceder cualquier cosa.

Giré el pomo de la puerta y comprobé que tenía una cerradura en él.

—Necesito ir al baño antes —dije antes de entrar—. He bebido demasiado esta noche.

El esbirro chasqueó la lengua y después soltó aire como un tubo de escape.

—Está bien, camina —ordenó y me desplacé unos metros hasta otra puerta. Entré en el baño y vi una ventana que daba a un patio cuadrado y sucio con ropa colgada en él. Al mirar, la altura de las cuatro plantas me produjo un vértigo horroroso y me aparté. No obstante, era mi única salida, aunque, en caso de saltar, no llegaría entero al suelo. Hice mis necesidades y tiré de la cisterna cuando escuché algo.

—Qui est-ce? —Dijo una voz en francés, pero no entendí bien. Parecía una niña—. Salut?

Aquello fue de lo más misterioso. Los nudillos del hombre golpearon la puerta.

—Sí, ya va, joder…

A la salida, encontré al tipo haciendo guardia. Después abrí la puerta de la habitación que me habían asignado y pasé. Había un colchón viejo y una pequeña ventana que daba también al patio. Estaba oscuro y no entraba apenas luz. Probé a encender el interruptor, pero tampoco funcionaba. El olor a cebolla había inundado el cuarto, así que me quité los zapatos y me acurruqué sobre el colchón. Pensé en Rojo y en Soledad, como si un último intento telepático me fuese a salvar. Dicen que el cerebro funciona como una antena que se comunica con otros seres hermanos. Alguien debió robarme la mía. Después recé lo que supe y tirité a causa del frío que entraba por la rendija. Tenía un aspecto deplorable. Si Soledad me hubiese visto así, se habría puesto muy triste. Sin duda, me dije a mí mismo que, si lograba salir de aquella, no regresaría jamás a Lisboa.

15

Desperté acurrucado y vestido. No me había dado cuenta de cuándo había caído en las redes de Morfeo. Me ardía la cabeza, como la plancha de un restaurante de comida rápida. Tenía la garganta seca y las dolencias musculares se habían amplificado en mi torso. Quise quedarme allí para siempre y morir lentamente. Esa maldita sensación del día siguiente, cuando nos negamos a abandonar, pidiendo unos minutos más de clemencia, pero no podía, no debía seguir allí. No había tiempo para los lloriqueos de mi yo más quejica. Me incorporé con cuidado de no sufrir demasiado y caminé hasta la ventana. Después hice unos estiramientos para que circulara la sangre. Me costaba sudor y esfuerzo activar mi cuerpo, pero tenía que estar preparado si iba a salir corriendo en algún momento. Miré por la cristalera y comprobé que podía alcanzar la ventana del cuarto de baño. Volví a mirar hacia abajo, esta vez sin mareos. Cuatro pisos era una altura respetable para pensárselo dos veces. Podía deshacerme del matón que vigilaba mi puerta, suponiendo que seguía ahí, pero tenía que llevarlo hasta la ventana, y eso era más complicado debido a su corpulencia. Busqué una segunda alternativa. Hubiese matado por un café bien fuerte y un cigarrillo, sí, aunque lo hubiese dejado. Supongo que existen ciertas cosas que, por mucho que se intenten cambiar, son intrínsecas a las personas. La segunda opción era fingir que necesitaba ir al baño. Era la hora adecuada. Desde allí, debía ser rápido, regresar a mi habitación y sorprender al tipo. Si salía mal o me demoraba, terminaría con dos balas de plomo en el estómago.

Por último, recordé la voz que me había hablado desde el otro cuarto. Reflexionando sobre ello, ese fino hilo sonoro era la voz de una niña francófona. Todo apuntaba a Moreau. No tenía sentido ocultar a una pequeña francesa en un apartamento, no, siempre y cuando, tu padre no se dedicara a traficar con secretos de Estado. Si ella era la hija de Moreau, Eme había sabido muy bien cómo agarrarle de las alas al francés. Empero, su presencia en la casa complicaba la situación: no me iba a largar dejando a una inocente criatura en manos de esos sicarios.

Por un momento, imaginé qué habría hecho Rojo en una situación así, y la conclusión no me ayudó: él se habría enfrentado de cara y a mamporros con esa gente. Por desgracia, una opción que ya había descartado. Después pensé en Soledad, que no era tan violenta como Rojo, pero sí más estratega. Volví a mirar hacia el patio de luces, pero no encontré una razón contundente para saltar desde lo alto. Ni rebotando contra los tenderetes de ropa, me salvaría de una fuerte caída. El resplandor del amanecer entraba por la parte superior, lo que me obligó a levantar la vista y mirar al cielo. Allí encontré una escalera de emergencias que llevaba al tejado. En realidad, era un viejo hierro con forma de peldaños que alguien habría instalado en su día para proteger las tejas rojas de su deterioro. Miré fijamente entornando los ojos y la seguridad que me produjo fue nula. La pared agrietada y el hierro oxidado no me daban confianza para pensar que soportaría mi peso. Si quería acceder a la escalera, debía saltar desde el cuarto de baño. No existía otra vía. Si lo hacía desde mi cristalera, no llegaba con el salto.

Respiré hondo y comprobé de nuevo el patio, la ventana y la escalera corroída por el óxido. Era un plan arriesgado y muy aventurado, pero mi otra opción era la de quedarme esperando a que alguien viniera y eso no iba a suceder.

Preparado, di dos pasos hasta la puerta e intenté girar el

pomo, todavía bloqueado por la cerradura.

Después golpeé la madera.

Toc, toc.

Escuché cómo alguien se despertaba. Eme tenía que pagar bien. Ese tipo había dormido en el pasillo.

—¿Qué quieres? —Preguntó molesto y con voz ronca.

—Necesito ir al baño.

—¿No puedes esperar?

—Me voy a mear encima si lo hago.

—Joder… —gruñó, sacó la llave y la introdujo en la cerradura.

Se escuchó un ligero chasquido.

La fiesta acababa de empezar.

Adormilado, me miró de reojo y abrió la puerta del cuarto de baño. Preparado para entrar, me agarró del hombro y hundió su rígido pulgar en mi clavícula.

—¡Eh! —Bramó ronco—. No tardes.

Crucé el umbral y cerré. No había pestillo, por lo que ese animal podía entrar en cualquier momento.

Abrí el grifo del lavabo y toqué la pared con los nudillos. Nadie respondió.

—¿Hola? —Susurré en español con el ruido del agua cayendo. Volví a golpear. Escuché unos pies moverse—. ¿Estás ahí?

—*Salut?* —Dijo la niña—. *Qui est-ce? Aidez! Aidez!*

Yo no tenía ni la más mínima idea de hablar en francés, pero entendí que pedía que la socorrieran.

—¿Cómo te llamas?

La voz se calló por unos segundos.

—Colette Moreau —dijo con un suave tono angelical—. *Et toi?*

—*Je suis Gabriel...* —respondí diciendo todo lo que sabía.

—*Qui es tu, Gabriel?*

Me arrepentí de no haber seleccionado francés como optativa en la escuela.

—No te muevas, Colette... ¿Vale? —Dije al azulejo blanco, con esperanza de que la criatura me entendiera. Una reacción que había visto a menudo, cuando los españoles gritaban a los turistas creyendo que así les iban a entender mejor. Siempre me había preguntado en qué idioma se le habla a alguien cuando no compartes una lengua. Y allí obtuve la respuesta. Resultó esclarecedor... En el tuyo, el único que conoces—. Volveré pronto, te sacaré de ahí, te lo prometo...

La niña repetía palabras en francés con la alegría de un ruiseñor. El tiempo se agotaba, así que abrí la ventana y avisté la escalera. El vacío imponía, pero ya había perdido demasiadas oportunidades. Lo que hubiera al otro lado del tejado, era otro cantar.

Pulsé el botón de la cisterna fingiendo que haberla usado y abrí el marco la ventana. Me puse en pie sobre el alféizar y sentí una pérdida de equilibrio. Lo odiaba, se me daban fatal las alturas. En un primer intento, quise saltar, pero golpeé el cristal sin querer y la madera de la ventana, abierta de par en par, chocó contra la esquina del cristal. Provoqué un fuerte estruendo y alarmé al gorila que aguardaba al otro lado. Sin mediar palabra, abrió de golpe y me encontró subido al bordillo. Lo vi tan cerca, que no reflexioné. Cuando intentó abalanzarse sobre mí para agarrarme por las piernas, salté contra la pared, sin pensar en el agujero y me agarré a uno de los hierros que funcionaban como peldaños. Las manos me ardieron y choqué contra una reja. El tipo, confundido, buscó su pistola, pero la había dejado en otra habitación.

—¡Vuelve! —Gritó furioso—. ¡Vuelve!

Sus largos dedos estaban a un metro de mi cuerpo. Alcancé otro peldaño y me subí a pulso. Por un momento, creí que mis brazos estaban a punto de romperse mientras me colgaba. Finalmente, alcancé varios peldaños y pude apoyar el pie en uno de ellos. Al mirar atrás, el hombre había desaparecido, probablemente, para regresar y bajarme a tiros. Me di prisa, toda la que pude y llegué a un tejado de pizarra roja con forma de canaleta. El edificio hacía pared con la terraza de otro bloque, un poco más moderno aunque también deteriorado. Caminé con miramientos de no abrir un agujero y caer por él. El día amanecía con fuerza, podía ver el sol a lo lejos, también la ciudad y el río Tajo, así que comprendí que estaba en la parte alta de Lisboa. Confiado por creer haber dejado atrás a esa bestia ingrata, calculé mis pasos como Indiana Jones. Pero no todo iba a ser un camino de rosas, nunca lo era. Dicen que las victorias saben mejor con sufrimiento detrás, pero yo hubiese preferido disfrutarla con una copa de vino en la mano. Junto a mis pasos, escuché los suyos. El esbirro, vestido de camisa oscura y pantalones de traje, se arrastraba por el tejado con un arma en la mano. Lo que no entendí era cómo la pared del patio había aguantado el salto de ese morlaco. Escuché sus gruñidos y me concentré en alcanzar la azotea contigua. Despertarle antes del amanecer, no le había sentado bien. La pendiente del tejado impedía que caminara más rápido. De repente, una ráfaga acarició mi oreja derecha. Se escuchó un disparo y el impacto falló contra una de las tejas. Apreté las piernas y caminé hasta la terraza. Ya había vivido una situación así antes. El resultado, desastroso. Giré la cabeza. El hombre me seguía lento pero convencido. Si tenía licencia para matar, significaba que Eme me había vuelto a mentir de nuevo, una de las razones por las que jamás creía en las segundas oportunidades de la vida cuando se refería a ella.

Alguien había dejado la puerta que comunicaba el terrado con el edificio. Corrí por una escalera de caracol cuadrangular al ritmo de corazón, sufriendo un fuerte dolor en las costillas con cada paso que daba. El taconeo de los zapatos de ese tipo me perseguía como un fantasma en la oscuridad. Respirar se volvía más difícil. Temí que me alcanzara antes de lo imprevisto, pues yo tampoco tenía fuerzas para seguir corriendo a ese ritmo.

Cuando llegué a la entrada del bloque, salí al exterior. La calle estaba tranquila y el sol ya alumbraba las fachadas. Era una vía estrecha, con coches aparcados y contenedores de basura. Un hombre subido en una motocicleta destartalada, de fabricación italiana y color verde, paró frente a la entrada del edificio de viviendas. El tendero de la tienda de comestibles cargaba con una caja de coles. Una mujer intrigada por mi presencia paseaba con su perro. Varios portales atrás, un BMW antiguo de color rojo arrancó el motor y de la tienda de comestibles apareció un hombre alto y con bigote.

Tenía razón esa chica escandinava.

Algunas casualidades no existían, sino que eran parte de un guión pensado por otros.

16

Las pisadas se detuvieron a unos metros de mi posición. El corazón dejó de palpitar. Mi frente caliente, como un procesador informático revolucionado. Oí el soplido de su exhalación, el rumor de la fatiga. Esta vez, no había salida, ni calles por las que correr, ni rincones en los que esconderme. Me había creído más listo que ella, más perspicaz que esa panda de matones a sueldo. El hombre del bigote me miró con ganas de hacerme lo mismo que habría hecho a White. Calculé las distancias, conté los segundos. No tuve más remedio. Empujé a ese hombre desconocido que estacionaba su Vespa de color verde militar con el motor aún encendido. Sintiéndolo lo justo, salté sobre él y lo tiré al suelo. Sobrecogido, cayó en el asfalto junto a la moto. Nadie lo vio venir y el accidente generó un momento de confusión. Entre gruñidos e insultos en portugués, los hombres de Eme se echaron atrás. Podía correr, pero me alcanzarían. Levanté la moto por el manillar. Batallé contra los intentos de su dueño por evitar la debacle. Me monté sobre el sillín, apreté el puño y me deshice de él con un acelerón. No calculé, me dejé llevar por el instinto de supervivencia. Con el corazón encogido, la acelerada me impulsó como un cohete hasta el final de la calle, sintiendo un cosquilleo en la parte interior de las nalgas. El motor del BMW rojo rugió y tomó velocidad en la misma dirección. Iba directo a mi rueda trasera para arrollarme, así que apuré al máximo el motor y escuché cómo la motocicleta zumbó como un insecto a punto de inmolarse. En lo alto de la cuesta, me incorporé a una avenida de dos direcciones que terminaba en una plaza donde había una estatua del Marqués de Pombal. Fruto de la improvisación y de la suerte que solía acompañarme, la avenida estaba atestada de vehículos que formaban una larga cola. El tráfico de la mañana, eso era lo que me iba a salvar de aquellos secuaces de Eme. Ingeniándomelas para meterme entre los coches, saqué un largo tramo de distancia al vehículo que me perseguía. Estaba tan espantado que no planeé mirar atrás. Cuando lo hice, el coche había desaparecido. Tenía que darme más prisa, no les daría esquinazo por mucho tiempo. Sin saber muy bien dónde me encontraba, busqué las indicaciones sin éxito. Al llegar a la entrada de la glorieta, encontré algo muy extraño: varios carriles que cruzaban la rotonda por el interior y otros que la bordeaban. Mi intención era dirigirme hacia el mar. Una vez allí, daría con alguna localización conocida. La praça do Marquês de Pombal era espléndida y bonita, con una estatua gigante en el centro y palmeras alrededor de ésta. Disparado, crucé la plaza en esa destartalada vespa y tomé la avenida da Liberdade, otra gran vía de diez carriles llenos de coches y cubierta de una verde arbolada, donde las grandes marcas y los hoteles más caros ocupaban las aceras colmando la avenida de lujo y estrellas. Por un momento, disfruté del paisaje, con el sol de cara, el ruido del tubo de escape y vestido con un traje bonito aunque destartalado. Allí, bajo las ramas de los árboles y el tráfico de la mañana portuguesa, me di cuenta de que yo era eso, un fugitivo, alguien que nunca cesaba de correr. Durante mi vida, había pasado tanto tiempo huyendo de mis responsabilidades, del compromiso, de mis propias consecuencias que, tarde o temprano, era previsible que terminara sumido en problemas para justificar su ausencia. La vida pasaba entre algodones y lo que todos anhelaban en mi éxito, yo no hacía más que despreciarlo. No me gustaban las reuniones, ni los cafés literarios. Tampoco me gustaba hablar de literatura a cada hora. La prensa, los medios, ellos me habían convertido en una caricatura alejada de lo que yo era. De mí, habían formado un personaje a su medida que, como el tropel de escritores que se había reunido para el certamen, había terminado creyéndome. Eran los momentos como aquel, en los que me sentía completamente integrado con mi cuerpo; momentos, como muchos otros anteriores, que terminarían silenciados o en una novela de ficción. Allí, entre los neumáticos de los coches, descubrí que, sin importar las veces que hayamos errado, siempre habrá otra oportunidad para empezar de nuevo, para hacer las cosas bien desde el principio y rematarlas con ese final feliz que todos buscamos alguna vez durante nuestra existencia.

La luz se puso en verde, seguí el trayecto y vi por el espejo retrovisor cómo el coche rojo de esos esbirros se incorporaba al carril. Cargado de coraje, hice eslalon entre los vehículos. El motor del coche alemán rugía con los cambios de marcha. Estaban muy cerca y los otros conductores tocaban el claxon. Entonces, frente a mis ojos, vi la columna alargada de la praça dos Restauradores en el centro de la vía. La aguja del cuentakilómetros marcaba los setenta por hora y me costaba mantener la estabilidad del manillar. Como un perdigón, crucé la plaza y llamé la atención de un coche patrulla que no tardó en encender la sirena. Tras de mí, el coche rojo embistió la rueda trasera de la motocicleta. Perdí el control, el equilibrio y vi pasar mi vida a cámara lenta. Había oído en tantas ocasiones aquello, que nunca me lo llegué a creer. Sin embargo, era cierto. Quizá, el segundo y medio más largo e inexacto de mi vida. Vi un paso de peatones, una boca de metro y a una muchedumbre saliendo de ella como ratas en un incendio. Íbamos directos contra la fachada de un viejo edificio con forma de hotel antiguo y no había modo de frenarnos. La moto tumbó hacia un lado arrastrándose hasta el escaparate de una tienda de fotografía. Mi cuerpo voló y caí sobre el toldo de un restaurante que había junto al establecimiento. Se escuchó un gran estruendo de cristales y mesas de aluminio. Las personas que desayunaban en el restaurante corrían despavoridas. Un segundo después, el vehículo se empotraba contra el muro de la estación de metro y volcaba de lleno contra el asfalto. Antes de que la policía llegara, comprobé mis piernas. Todavía funcionaban. Tenía un pequeño roto en el pantalón del traje, pero eso era todo, sin olvidar las dolencias del día anterior, detalle que la adrenalina se había encargado de borrar de mi sistema nervioso. Entre gritos y confusión, salí de allí por mi propio pie mientras algunos me miraban atónitos por desconocer qué ocurría. Vi el coche bocabajo y a otros automóviles detenidos alrededor. Quedarme allí no me interesaba. En esa ocasión, no me importaba ser el actor secundario. Tomé las escaleras del metro y me perdí en el anonimato subterráneo.

De todos los viajeros, no era el que peor iba vestido, aunque sí el que transmitía una notable lástima. El metro llegó, abrió las puertas y me subí en uno de los vagones. Rodeado de desconocidos, puse mi mano sobre una barra de hierro para evitar la caída por el arrastre. Algunas personas me miraban extrañadas, otras directamente me ignoraban. Las mujeres contemplaban mi presencia con asco y, hasta algunas, parecían temerme. La otra cara de la moneda. Siempre juzgamos sin ponernos en el lugar de la otra persona, ni si quiera cuestionar un por qué. Por el modo en el que me juzgaban, podían pensar en cualquier desgracia menos en la que realmente había sucedido. Demasiadas horas sin dormir, sin comer ni beber, demasiadas horas sin descansar bajo los brazos de Soledad. Un fin de semana trágico que todavía no había terminado. Vi mi reflejo en uno de los cristales: la barba me había crecido y tenía el cabello despeinado. Con sombras en los ojos y el aspecto de alguien que ha pasado la noche en un calabozo, no era de extrañar que la gente me repeliera. Seguir en pie, ya era bastante. Lo que había comenzado como un misterioso suceso de una noche, se había convertido en una cruzada personal. Tenía los motivos suficientes, aunque, para ser sincero, lo único que me importaba era esa niña. Algo se incendió en mi estómago cuando recordé su voz. Era estremecedora. El tono de la inocencia al desconocer qué está sucediendo. Desconocía cómo algo tan grave afectaría para siempre en su futuro. Puede que Moreau fuese más que un escritor, y que Eme tuviera razones suficientes para hacerle chantaje. Por el contrario, no era justo que una niña pagara las facturas de su padre. Demasiados juguetes rotos había danzando por las calles. Personas destruidas por decisiones desafortunadas en el ámbito familiar. Los adultos tratábamos con altivez a los más pequeños. Olvidábamos que teníamos más de ellos, de lo que ellos jamás tendrían de nosotros.

Maldita sea, una niña, me dije sin saber muy bien en cómo solucionar todo ese asunto. Un fuerte dolor de cabeza, producto de golpe y el desconcierto, me impedía pensar con lucidez. Di un vistazo por el vagón para cerciorarme de que nadie me seguía. Un hombre negro vestido de traje me dio un vistazo. Temí que fuera uno de los súbditos de Eme, pero me relajé tan pronto como retiró el contacto visual. Comprobé el reloj y observé que eran las nueve de la mañana. Seis horas para el final de una película que se hacía inaguantable.

17

Me apeé en la siguiente parada con el fin de no llamar la atención de los viajeros. En esos momentos, decenas de policías estarían buscando a un hombre con mi rostro por toda la ciudad. Me acordé de esos verdugos, de si seguirían con vida tras el accidente. Probablemente sí, porque la mala hierba nunca moría y ellos tampoco. Al tomar la salida que me llevaba al exterior, avisté la famosa estatua de Pessoa, allí, sentado, junto al café que, para variar, seguía abarrotado de turistas. Me hubiese gustado conocer al portugués, en otros tiempos, en unas circunstancias distintas. El olor a cafetera y desayuno caliente me abrió el apetito, así que me desplacé hasta la rua Augusta para hacer una parada en una de esas confiterías tan acogedoras y bien cuidadas en las que podía disfrutar de un expreso y un pastel de nata con canela. Y así hice, bajo la vigilancia de la encargada del local, disfruté de un desayuno rápido aunque placentero en el interior de una de las cafeterías que daban al interior de la peatonal. Debía tomar fuerzas antes de enfrentarme a lo que estaba a punto de suceder. El monstruo final. Un psicólogo lo hubiese llamado afrontar la realidad. Concebí diversos escenarios, uno posible para cada situación. Intuí cómo sería la reacción del francés cuando le dijera que había encontrado a su hija. ¿Sería capaz de entregarse a Eme? Tuve mis dudas. Después dirigí mis pensamientos hacia Rojo y Soledad. El primero, también sabía a lo que venía. Fui un imbécil al desatender las palabras de Sol cuando comentó la aparición del oficial. Como siempre, Rojo había hecho sus deberes y no me había informado de ello. Él y Eme en la misma ciudad. El coyote persiguiendo al correcaminos. Me había comportado como un cretino. Luego razoné que debía contarle la verdad a Soledad, toda la verdad. Tarde o temprano se enteraría. No hacerlo, ponía en peligro su vida, y la mía también. Por el contrario, temía que no se lo tomara tan bien como yo esperaba. Quizá esperara demasiado.

Fuere como fuere, debíamos volver a ese edificio antes de que los hombres de Eme regresaran y se llevaran a la niña. No podía malgastar más tiempo. Necesitaba la ayuda de los tres, algo de lo que no estaba muy convencido que sucedería. Finalmente, reflexioné sobre el resto de hechos que habían sucedido en las últimas horas, sobre Sabrina Moretti, su marido y ese infame de Barbosa. El paso de las horas no germinó ningún arrepentimiento de lo que hice aunque, para entonces, ya no tenía ganas ni fuerzas para partirle la cara de nuevo a ese idiota. Tan sólo esperé que le siguiera doliendo el golpe.

Confiaba en Soledad, tanto, que estaba seguro de que no había hecho nada que pusiera en riesgo nuestra relación y, de ser así, me importaba un carajo a esas alturas.

Me despedí de la señora del local y salí en dirección al hotel. Agotado aunque satisfecho, caminé con sosiego como Marcello Mastroianni en Sostiene Pereira, donde el italiano encarnaba a Pereira, un periodista de crónica negra dedicado al recuerdo de su mujer y a la literatura. El principio y el final de mis días, como en el filme, pasaban por ese arco histórico.

Atravesé la construcción y volví a ver con brillo los tranvías amarillos que se detenían en la praça de Luís Camões. Un día más en la ciudad para muchos, con los vendedores de hachís asaltando a los turistas masculinos y los carteristas buscando en bolsos ajenos. Un día más en la capital lusa, donde uno veía hasta donde la vista le permitía.

En la entrada del hotel, noté un alboroto procedente del

salón principal. Puede que estuvieran relacionados con los preparativos. En lo que a mí se refería, me importaba un comino. Me acerqué con calma a la recepción y alargué el brazo.

—Señorita… —dije chasqueando los dedos. La recepcionista no tenía el rostro simpático de la chica con la que había hablado antes. Llevaba el cabello teñido de rubio. Volví a chasquear los dedos. Mi madre siempre me había dicho que aquel era un gesto de mala educación, pero no conocía otro menos vulgar para llamar la atención de la recepcionista—. Señorita…

—Un momento señor —respondió en español—. Por favor, respete el turno como el resto.

—Pero yo no necesito hacer cola —respondí. Ella me miró odiosa. Mis apariencias no ayudaban—. Soy huésped del hotel… Maldita sea, ¿cuántos recepcionistas trabajan aquí?

—Espere un instante y le atenderé —contestó y regresó a sus papeles. Indeciso, me acerqué a la mesa echando a un lado a una pareja de jubilados que esperaba.

—Escuche, no puedo perder más tiempo… —dije con las manos sobre la madera—. Necesito hablar con el señor Moreau… Es una cuestión de Estado.

Ella volvió a levantar los ojos. La pareja de pensionistas comentaron algo en inglés entre ellos.

—Si es tan importante —dijo el hombre, canoso y con la papada estirada—, podemos esperar, no se preocupe.

La empleada suspiró hastiada por mi insolencia.

Descolgó el teléfono y me acechó.

—Un momento —recapacitó confundida—. ¿Quién ha dicho que es usted?

—No se lo he dicho, pero soy Gabriel Caballero.

—¿Tiene alguna identificación?

—¿Será posible? ¡Abra el periódico! —Exclamé ofendido—. No, no tengo nada… Me lo han robado todo.

—Ya veo… —comentó desconfiada—. ¿Número de habitación? ¿Tiene acompañante?

—No recuerdo el número tampoco, Dios mío… —lamenté con la mano en la frente y miré hacia arriba—. ¿Es que me lo va a poner más difícil?

Por el pasillo, vi una silueta que se detuvo perpleja ante mí.

—¿Tú? —Preguntó desafiante. Era Moreau señalándome con el mentón en medio del salón—. Te parecerá bonito, aparecer de esa guinda…

—Necesito hablar contigo.

—Pues yo no —dijo y se puso un cigarrillo en la boca dispuesto a salir al exterior—. Hoy me espera un día muy largo.

—Sé lo de tu hija —señalé y se detuvo por un instante. Me acerqué a él—. Colette.

Dejé a la recepcionista y caminé hacia el francés. Los orificios de su nariz se abrieron. El labio inferior le estiró el bigote.

—No sé de qué estás hablando, Caballero —comentó mirándome con desprecio—. Anda, date una ducha, que apestas de lo lindo.

—Lo sé todo, Jean-Luc —insistí agitado—. Sé lo que pasó la otra noche… Ahora, lo sé todo. Eme me lo ha contado.

—¿Eme? —Preguntó desconcertado—. Te refieres a…

—También sé quién eres y a qué te dedicas —continué y su expresión se arrugaba. Por una vez, ponía atención a lo que decía—. Sé dónde está tu hija y cómo sacarla antes de que se la lleven a otro lugar.

—Pero, un momento…

—Tan sólo, reúnete con ella —sugerí convincente—. Entrégale los papeles y yo me encargaré de salvar a tu hija.

—¿Estás mal de la azotea? —Preguntó encrespado—. ¡Ni loco!

—Es tu hija, pedazo de mierda… —dije apretando la mandíbula—. Deja de mirarte el ombligo por un segundo… Esa niña está encerrada en un viejo apartamento con dos hombres armados. Lo peor de todo es que pregunta por su padre.

Las pupilas de Moreau se dilataron. La niña no había

mencionado al escritor, pero buscaba romper el escudo del francés.

—¿Has hablado con ella? —Preguntó nervioso—. ¿Qué ha dicho?

—No sé mucho francés —expliqué—, pero sé que está viva, de momento.

Moreau se echó la mano a la frente y se meció el pelo.

—Soy un imbécil, ¿verdad? —Me preguntó sin esperar una respuesta—. Sabía que esto iría demasiado lejos, *merde*!

—Tienes que entregarle los papeles —repetí de nuevo—. Es la única forma de que podamos cogerlos desprevenidos.

—¿Dónde has estado todo este tiempo?

—Salvando el mundo, como los héroes de verdad.

Moreau bajó la mano hasta los labios y cambió su expresión.

—No puedo hacer eso —respondió con voz seria—. Lo siento, pero no puedo entregarle esos documentos. Son demasiado importantes y me quedaría sin pruebas... Hay demasiadas vidas en juego, incluso la mía.

Observé los ojos del francés y vi cómo toda su magia se desvanecía. Era un miserable, no un héroe, ni una leyenda. Un jodido miserable. Quien para muchos representaba el carisma de la literatura contemporánea del siglo que vivíamos, para mí no era más que un ego podrido en busca de protagonismo, un maldito egoísta capaz de arriesgar la vida de una criatura por unas horas de televisión. Me hubiese gustado abofetearle allí, pero de nada hubiera servido. El francés olvidaba que su única responsabilidad en este mundo era el de darle una infancia feliz a esa niña, una joven que, de sobrevivir, guardaría un amargo recuerdo de su padre para siempre.

—¡Gabriel! —Escuché desde el interior del pasillo. Era la voz de Rojo. Me di la vuelta y vi a Soledad a su lado. Parecían preocupados y molestos. Cuando volví para continuar con Moreau, sus piernas lo llevaban al exterior del hotel.

18

Desde la habitación del hotel podía ver de nuevo la bahía, aunque ya no era lo mismo. Me di una ducha de agua fría y preparé mi atuendo particular. Era un hombre de costumbres: una camisa blanca o de color azul claro, vaqueros y mis zapatos marrones. Un conjunto clásico, básico y aceptado en la mayoría de lugares. Simplificar mi forma de vestir podía resultar monótono para muchas personas, pero me ayudaba a evitar qué pensar cada mañana. Para mí, la importancia residía en los detalles y no en la cantidad. Saber elegir, pulir el gusto por las cosas. La vida era demasiado corta para beber malos vinos y seguir el patrón dictaminado por otros.

En cuanto a lo personal, la entrega de premios había quedado en un segundo plano. Salvar a esa niña y detener a Moreau eran las únicas prioridades del día, siempre y cuando, no cargaran en mi cuenta los gastos causados por los desperfectos. Primero me cepillé los dientes para quitarme el regusto a sequedad y alcohol que arrastraba. Mi boca parecía la entrada de un túnel. Después me afeité la barba oscura y cerrada que me había crecido en día y medio. Al otro lado de la puerta, Rojo y Soledad esperaban una explicación. Por tanto, en lugar de sofocarme por lo que podría venir después, relajé la mente como no había hecho en las últimas horas y disfruté mirándome al espejo envuelto en una toalla y con el rostro cubierto de espuma. Querer a la persona que ves cada mañana, un paso vital, sobre todo, si esa persona eres tú. Y mientras tanto, tracé un plan. La noticia les sentaría como un duro golpe. El rastro de Rojo se confirmaría, perdería los estribos. Debía mantenerle ocupado y evitar que desapareciera cuando escuchara el nombre de esa mujer. Cualquiera que conociera al oficial un poco, sabía que, en cuanto tuviera oportunidad, se evaporaría como un truco de magia. Respecto a Soledad, ella era la más adecuada para pararle los pies a Moreau y someterle a presión. Era una decisión por descarte: conmigo, no accedería. Con Rojo, sólo terminaría a golpes. Sin embargo, Moreau tenía debilidades, como cualquier otra persona humana, y una de ellas era que le agasajaran. La adulación seguida de una seducción controlada era la única forma de desmontarlo. Si a eso le sumábamos que Soledad era la mujer más bella que se acercaría a él, teníamos ganada la partida. Pero el francés no era estúpido y nos había visto juntos. Empezaba a hartarme de resolver todos los enigmas que aparecían en mi camino. Aclaré la cuchilla de afeitar en agua tibia y terminé los últimos cortes. Me di cuenta de que Eme no tardaría en hacer de las suyas en cuanto le informaran de que había escapado. Reconozco que me tragué a medias la pantomima protectora y, digo a medias, porque intentó matarme dos veces. ¿Era eso lo que se llamaba una relación de amor y odio?

Abandoné el cuarto de baño, el vapor del agua salió a la altura de mis pies. Vi a los dos, cada uno apoyado en una ventana, en silencio, inquietos.

—Creo que he vuelto a nacer —dije con el cabello mojado y el torso al descubierto—. ¿Qué es esto, un funeral?

Ambos se giraron y comencé a vestirme.

—¿Dónde cojones has estado? —Preguntó Rojo con voz seria. Las bromas, mejor para otro momento—. Empieza a hablar.

Miré a Soledad como un cordero perdido, pero su expresión era la misma. Se apoyaba con las manos en el alféizar de la ventana, muda, a la espera de una explicación veraz y coherente.

—No sé por dónde empezar, la verdad… —dije rascándome el mentón—. Todo ha pasado muy rápido.

—Empieza y punto —ordenó Soledad.

El ambiente estaba tan cargado que una cerilla volaría por los aires el hotel.

—Antes de nada, quiero que escuchéis lo que voy a decir sin interrupciones —dije mirándolos a los dos—. Por desgracia, mis malos presagios se han cumplido, siendo aún peor de lo que había pronosticado…

—¡Déjate de historias, Caballero! —Exclamó Rojo interrumpiendo mi advertencia—. ¡Comienza a hablar de una maldita vez!

Respiré profundamente. Rojo estaba furioso. Temía que terminara por abofetearme.

—Está bien… —dije sosegando la conversación y cortando las introducciones—, pero no os va a gustar lo que tengo que contar.

Sin preámbulos y bajo su atenta mirada, relaté con detalle, sin distorsionar el recuerdo, lo que había sucedido tras el mandoble que le había propinado al portugués. Noté cierto fastidio en el rostro de Soledad, pero ese imbécil no se mereció menos. Recordé la sacudida en la calle, el encuentro con Moreau y maquillé el reencuentro con la escandinava. Mi intención no era la de mentir, pues fui sincero con esa chica, aunque trabajara para Eme. Sin embargo, ponerla en el tablero, sólo habría echado más leña al fuego. Finalmente, con toda la precisión que albergaba en mi memoria, describí el encuentro con la temible Eme, una escena que provocó más de una reacción en la habitación.

—Detente… —ordenó Soledad azorada. Miró a Rojo y éste se volvió hacia mí—. Esa mujer, Eme… ¿Estás diciendo que es la persona que está detrás de todo?

—En pocas palabras… sí.

—¿De qué os conocéis, Gabriel? —Preguntó frustrada—. ¿Por qué no me contaste la verdad cuando te pregunté?

—No es algo que quiera recordar, ¿sabes? —Expliqué preocupado—. Ocurrió hace unos veranos. Esa mujer me ha hecho mucho daño.

—Creo que voy a matar a esa zorra…

—Espera, espera, no tan rápido —intervino Rojo—. Danos más detalles… Dónde la viste, qué coche llevaba, dónde está el piso… ya sabes.

—No lo sé, Rojo —respondí—. Si tan sólo me hubieras dicho por qué estabas aquí, puede que hubiese prestado más atención…

Miré a Soledad y encontré un 'te lo dije' escrito en su frente.

—No podía, Gabriel, entiéndelo… —arguyó como siempre hacía, con medias verdades—. Hubiese puesto en peligro vuestra integridad, y la mía, claro… Ella desconoce que estoy aquí.

—Ella tiene a un ejército de matones campando por la ciudad —contesté enfadado—. ¿No lo ves? No eres inmortal, Rojo.

—Gracias por recordármelo, imbécil —contestó con sorna y miró hacia la ventana—. Una vez más, tú y tus historias.

Proseguí con la descripción de mi encuentro y expliqué lo que, sin todavía recordar, había sucedido esa nefasta velada por Lisboa. Describí cómo nos habían narcotizado para borrarnos los nuestros recuerdos. Después, el cebo a White y el trágico final que le esperaba. Soledad se tapó la boca con los dedos, símbolo de culpa y dolor por no haberme creído en su momento. Pensándolo bien, yo tampoco lo hubiera hecho. Mientras juntaba las palabras para darle color a mi testimonio, fui consciente de lo descabellada que era esa historia, propia de película de espías. Nunca imaginé que recibir un premio literario me fuese a costar la vida.

—¿Qué pasa con Moreau? —Preguntó Soledad y entendí que las disculpas y los remordimientos llegarían más tarde. Estaba concentrada, no en mí, si no en el siguiente paso. Era buena con eso de relativizar y dejar a un lado el pasado, todo lo contrario que yo. En sus ojos pude notar que tramaba algo en secreto. El plan elaborado en el cuarto de baño se esfumaba como el vapor de agua de la ducha—. ¿Qué hay en esos documentos?

—Evidencias que podrían comprometer al Gobierno portugués y a los dirigentes de su partido —confesé sin saber muy bien si era cierto—. Moreau sólo es un mandado de los que buscan la fractura de Europa.

—¿Qué sentido tiene entregárselos a esa mujer?

—Ninguno… —respondí—. Sólo retrasará más las cosas. Eme se rige por el poder y el control de todo lo que orbita a su alrededor… Ninguna opción es mejor que la otra, pero sólo me preocupa esa niña.

—¿De qué hablas ahora?

Y les expliqué cómo conocí a Colette, la hija de Moreau.

Mis palabras reblandecieron las rígidas posturas corporales de mis compañeros. Sus músculos se relajaron. Ninguna criatura merecía algo así.

—Le prometí a esa niña que volvería a por ella —expliqué recordando nuestra breve conversación—. Si no lo hago, no quiero pensar en lo que harán con ella…

—¿Sabrías llegar al piso? —Preguntó Rojo.

—Podría intentarlo —respondí y apreté la mandíbula, un gesto que llamó la atención del policía.

—¿Qué? —Dijo intranquilo—. ¿Qué has liado esta vez?

—No sería muy inteligente dejarme ver por ahí fuera, en estos momentos… —respondí como un niño tras romper un plato—. Debemos actuar con cautela.

—La madre que te parió…

—No nos queda mucho tiempo —interrumpió Soledad antes que el inspector terminara—. Si queremos salvar a la niña y evitar que Moreau dé el discurso, tenemos que elaborar un plan y dejarnos de cháchara.

—Vaya, la oficial poniendo orden.

Soledad miró al inspector con desaire.

—Hasta ahora, no has aportado nada —contestó ella. Punto para la oficial. Rojo guardó silencio y emitió un ligero gruñido. Le vino bien regresar a su sitio—. Será mejor que nos pongamos en marcha, ¿entendido?

—Sí —respondió a regañadientes—. Mucho mejor…

Miré el reloj, por enésima vez esa mañana. Parecía no avanzar y no sabía cómo interpretarlo. Lo peor estaba por llegar: una cuenta atrás, una niña raptada y evitar un escándalo internacional. No supe quién me enviaba a mí a meterme en esos asuntos. Me perjuré, una vez más, que no volvería a hacerlo.

Entonces, alguien golpeó la puerta con el puño y nuestras cabezas se volvieron en la misma dirección. Rojo hizo una señal de silencio con el índice y sacó el arma de su cinto. Cuando vi a Soledad, su pistola apuntaba a la puerta. Menos mal que no estaban de servicio. Ella meneó la cabeza y me ordenó que abriera.

—¿Yo? —Pregunté sentado sobre la cama.

Volvieron a golpear la puerta.

Rojo me hundió sus pupilas.

—Confía —susurró sin desviar la atención del marco de la entrada—. No te pasará nada.

19

Accedí, me levanté y caminé hasta la puerta. Estaba nervioso. Si algo salía mal, fin del juego. Terminaría abatido sobre un charco de sangre. La distancia era demasiado corta para echarme al suelo. En ese momento, me hubiese gustado que la puerta tuviera una mirilla para saber quién había detrás. Los hoteles nunca pensaban en ello.

—¿Quién es? —Pregunté con incertidumbre—. ¿Quién llama?

—Soy Jean-Luc —dijo el francés. Reconocí su tono, aunque desconocía si iba o no acompañado—. Abre, estoy solo.

—¿Cómo sé que puedo confiar en ti?

—¡Abre la maldita puerta, imbécil!

No me gustó su contestación, pero me limité a seguir órdenes. Tiré de la manivela y me escudé en la madera. En caso de invitados, Rojo y Soledad se encargarían de aguar la fiesta.

Moreau levantó las manos sorprendido.

—Menuda bienvenida —dijo y entró relajado. Después cerré la puerta—. ¿Así es como recibís a los invitados en España?

—Cierra el pico, listillo —contestó Rojo—. Gabriel nos lo ha contado todo sobre ti.

—Me temo que no… —negó con una sonrisa pícara—. Todo no.

Los tres movieron sus ojos hacia mí.

—¿Serás fulero? —Dije también sorprendido—. ¡Os está mintiendo!

—Escucha, tonto del haba —dijo Rojo y le apuntó a la cabeza—. No nos hagas perder el tiempo. Los tipos como tú, terminan mal conmigo.

—He venido buscando paz —contestó Moreau. Su grado de parsimonia era ejemplar. Estaba seguro de que no era la primera vez que tenía un arma apuntando a su cabeza—. Baja la pistola, por favor.

—Tú no me dices lo que tengo que hacer —contestó y miró a Soledad—. Si queremos evitar que dé el discurso, podemos esconderlo y asunto zanjado.

—Me buscarán —replicó el francés—. He dejado un aviso. Si no respondo a mi teléfono cada media hora, vendrán a buscarme.

—Entonces, qué me dices si te perforo la cabeza como a una sandía —volvió a contestar el policía. Moreau no le había caído bien—. Te aseguro que así, no habrá discurso alguno.

—¿Quieres ser un fugitivo el resto de tu vida? —Contestó tranquilo próximo al cañón—. Eso, en caso de que salgas vivo, claro.

—¿Este cabrón tiene respuestas para todo? —Dijo Rojo sin desplazar el arma—. Te voy a callar la boca.

—Deja que hable —comentó Soledad y se dirigió al francés—. Supongo que habrás venido para algo.

—Así es —continuó el escritor—. Cuando me refería a que Caballero no os lo había contado todo, era porque hay algo que debéis saber.

—Puedes darte prisa… —dije poniendo atención a sus palabras. Ya no me fiaba de nadie. Quería saber si era otro farol o realmente hablaba en serio—. Apenas tenemos unas horas.

—Está bien… —dijo y sopló—. He venido porque necesito vuestra ayuda… Estoy desesperado, quiero recuperar a mi hija, es lo que más me importa en esta vida.

—No te pongas a llorar ahora con tanto teatro… —

comentó Rojo.

—Déjalo hablar, por favor —insistí.

—Me había hecho a la idea de que estaba muerta, que la había perdido —Dijo justificando su reacción—. Esta gente no se anda con tonterías… Sin embargo, hay algo que tenéis que saber para entender por qué no puedo entregarle esos documentos… Los informes que poseo ponen en jaque a un plan a gran escala que busca la desmembración de la Unión Europea…

—Pero… —dije confundido—. Eme me dijo más bien lo contrario…

—¿Qué esperabas, lumbrera? —Cuestionó con desprecio—. Tu amiguita te engañó como quiso… No me extraña… La estabilidad de Europa se tambalea y hay demasiados intereses para que situación se agrave.

—¿Qué eres? ¿Un espía? —Preguntó Soledad—. ¿Para quién trabajas?

Moreau se rio.

—No soy ningún espía, sólo un reportero, un escritor que busca la verdad oculta de la vida… —aclaró con pasión sin impresionarme en absoluto. Conocía ya ese discurso, era el mío—. Es cierto que he tenido acceso a información privilegiada y que he realizado algunos encargos para los servicios de inteligencia francesa, pero os juro que no trabajo para nadie… Es mi deber usar esta oportunidad para llamar la atención del resto de dirigentes antes del desastre.

Sus palabras me obligaron a recapacitar.

—¿Cómo sabes que vas a ser el premiado? —Interrogué desorientado—. Todos piensan que lo haría White, de ahí a pensar que os lo habríais limpiado…

—Ya te lo dije el primer día, Caballero —contestó arrogante—. Si hay algo indiscutible es que mi novela está por encima de las vuestras, y no lo digo yo sólo…

Otro escritor con falta de amor materno.

—Está bien, está bien… —respondí dejando a un lado el asunto del libro—. Entonces… Si no quieres entregarle los papeles a Eme… ¿Qué propones?

—No lo sé… Por eso estoy aquí.

—Engañarla —arrancó Soledad desde el silencio—. Te reunirás con ella, yo te acompañaré y fingiré ser tu asistenta.

Rojo se rio.

—Ni hablar —dije negándome a su propuesta—. Te reconocerá.

—¿Le has hablado de mí? —Preguntó desdeñosa—. Con más razón, todavía.

—Lo mejor será que vaya él solo —opinó Rojo abriéndose camino en la conversación—. Yo le acompañaré, para evitar sorpresas.

Me enfrentaba a un conflicto de intereses, siendo el único que se quedaba fuera de la convocatoria. Si yo acompañaba a Moreau, nunca encontraríamos a la niña. Observé al francés. Buscaba una respuesta en el ambiente. Sabía que tramaba algo, pero no era el único. Excepto yo, cada uno ya había elaborado el plan a seguir en función de sus intereses. Temía por Rojo al encontrarse con Eme. Sabía de lo que era capaz y podía arruinarlo todo. También temía por Soledad y el enfrentamiento de ambas. Movida por las emociones y el poso de justicia que habitaba en ella, haría lo posible por atrapar a esa mujer. Por desgracia, Eme no era una mujer pasional, al menos, en el cara a cara. Era ella quien llegaba a ti y no al revés. Si Soledad acompañaba a Moreau, no sería tan estúpida de poner en riesgo su delicada piel. Y eso era algo que Soledad no estaba dispuesta a entender en ese momento.

—Prefiero que me acompañe él —dijo Moreau señalando a Rojo—. No es un asunto personal, de verdad.

—¿Crees que puede protegerte mejor porque es un hombre? —Preguntó ella.

—En absoluto —dijo el francés y me miró a mí—. Pero tengo la sensación de que él mantiene la cabeza más templada en este instante.

—Siento decirte que te equivocas… —señalé echando a

un lado las palabras del francés. Su interés fue sospechoso, pero Rojo era un hueso duro de roer.

—Estoy de acuerdo, sin ánimo de ofenderte, Soledad —dijo Rojo apoyando al escritor—. Llevo muchos años detrás de esa mujer y sé a lo que me enfrento... No haré nada que ponga en peligro a la niña.

—Ya —contestó Soledad y se formó un silencio incómodo en la habitación—. Está bien, iré contigo, Gabriel.

—¿Crees que aparecerá con mi hija? —Preguntó el francés—. Eso lo cambiaría todo.

—Si te reúnes con ella en un lugar público —contesté—, estoy seguro de que no lo hará. La conozco, es demasiado arriesgado... Eso nos proporcionaría ventaja y tú tendrías algo en lo que apoyarte cuando te preguntara por los papeles.

—Entonces, ¿qué sugieres?

—Un primer encuentro —dije seguro de mí mismo. Eme era única y la mejor forma de desmontarla era agotando su paciencia. Odiaba las esperas—. Formalizáis la cita y llegáis a un acuerdo para un segundo encuentro. Como no disponemos de mucho tiempo, tendrá que ser rápido... Mientras tanto, nosotros esperamos alrededor de la casa... Alguien tendrá que sacar a la niña en coche... Ahí aprovecharemos nuestra ocasión.

—Tú has visto demasiadas películas, Caballero —se entrometió Rojo—. Déjame decirte, que esa loba no lo hará así... Ni siquiera cuatro cabezas pueden adivinar lo que está pensando.

—Habla por ti —dijo Soledad y el resto la miramos—. Puede que os falte algo de empatía con las mujeres... Tal vez por eso no entendéis nada... Si accedes a entregarle lo que pide, has perdido la partida de entrada... o eso le harás creer. Sabe que tu hija es más importante, así que cuenta con que harás lo que ordene... Limítate a seguir sus órdenes, no llames la atención ni dejes en entredicho lo que diga y, por supuesto, no permitas que desconfíe de ti… Si ella piensa que estás desesperado, bajará la guardia, aunque sea por unos segundos… La seguridad de tenerlo todo bajo control puede ser nuestra vulnerabilidad más grande.

—¿Sugieres que caigamos en su trampa sin hacer nada? —Preguntó Rojo ofendido—. ¿Y qué más?

—No es una mala idea… —comentó el francés—. ¿Tú qué piensas, Gabriel?

Los tres se dirigieron a mí. Sentí la presión de que mi respuesta determinaría la ejecución del plan. No obstante, Soledad tenía razón. Tal vez esa fuera la clave que nos había mantenido en desventaja con ella. Pensar como hombres, dejarnos llevar por nuestra propia naturaleza.

—Sólo sé que hasta el momento —dije buscando las palabras adecuadas para evitar un disgusto—, esa mujer siempre se ha salido con la suya… Quizá haya llegado el momento de probar algo diferente.

—Lo sabía —musitó Rojo—. En fin, me da igual… Lo que importa aquí es esa niña.

El oficial sacó el teléfono y se lo ofreció al francés.

—Llama —ordenó.

—No, no… —dijo Moreau negándose con las manos—. Esto no funciona así. ¿Con quién crees que tratáis?

—Créeme, listillo —contestó el policía—, sé de sobra a quién nos enfrentamos.

—Pues entonces deberías saber también que, llamando desde tu teléfono, sabrá que estoy contigo —respondió Moreau—. Me dieron un terminal, está en mi habitación. Todas las llamadas debo hacerlas desde ahí.

—Es la única forma de mantenerte rastreado —dijo Soledad—. Tiene sentido.

—En marcha, entonces… —dijo Rojo guardando su arma—. A mover el culo, venga… Nosotros iremos a su habitación, hará la llamada y yo os informaré.

—Puedo ir solo.

—No —sentenció el inspector—. Quiero estar delante. A partir de ahora, haremos las cosas a mi manera.

—*Comme tu veux...* —respondió el francés y se levantó de la cama. Ambos salieron de la habitación en silencio. Soledad se puso a mi lado y me agarró la mano con fuerza.

20

Abandonamos la habitación con la incertidumbre de lo que acontecería momentos más tarde. En la entrada principal, Rojo esperaba con Moreau en silencio. Jamás sabríamos de qué habían hablado durante ese rato a solas. Moreau no me lo contaría y Rojo terminaría mintiéndome.

—¿Y bien? —Pregunté con una mano en el bolsillo y la otra en la cintura—. ¿Cuál es el plan?

—Me temo que hay un cambio de planes... —dijo Moreau decepcionado—. Sabe que estoy con vosotros, nos ha vigilado todo este tiempo.

—Eso es imposible —dije extrañado—. Nadie nos ha visto esta mañana.

—¿Nadie? —Preguntó el francés y levantó la vista. En la lejanía, la bella Bruna Pereira se movía en dirección opuesta. Había sido un completo idiota. La magia ocurría cuando el espectador desviaba su atención. Algo tan obvio como una asistenta. Eme se había burlado de nuevo en toda mi cara—. Puede que hoy... Siento deciros esto, pero lo mejor será que vaya solo.

—Y un cuerno —dijo Rojo—. Sin nuestra ayuda, todo acabará mal.

—¿Cuál es el trato? —Preguntó Soledad—. ¿Dónde están los documentos?

El francés sacó un lápiz de memoria digital de su bolsillo.

—Aquí —dijo—. Eso debe creer ella... El trato es que ellos me demuestran que mi hija está viva, yo les entrego la memoria y vosotros os encargáis de que mi hija y yo

171

salgamos con vida.

—Un plan ambicioso —dijo Soledad—, pero… ¿Qué pasa con esa mujer?

—Esa es la mejor parte —opinó Rojo—. Ni rastro de ella.

—Te equivocas de nuevo —intervine—. Ella siempre está presente. Es parte de su impronta dejarte la miel en los labios, hacerte creer que tuviste una oportunidad para cazarla… Quizá… si la cogemos desprevenida, puede que caiga en su propia trampa.

—¿Nunca os dais por vencidos? —Preguntó el francés fascinado—. Sois la leche…

—Nunca —contestó Rojo.

—Uno de sus hombres me espera en treinta minutos en la praça Luís de Camões —explicó el escritor—. No es un lugar muy amplio, aunque sí muy transitado y con un montón de salidas alrededor. Supongo que no quiere sorpresas.

—O sí —replicó Soledad—. Confusión, turistas, terrazas, gente caminando en distintas direcciones…

—Ya os lo he dicho, será mejor que vaya solo.

—Y yo ya te contestado que no —insistió Rojo—. ¿Qué no entiendes?

El francés se frotó el rostro con la mano.

—Está bien, haced lo que os dé la gana —dijo desistiendo—, pero más vale que localicéis a mi hija en cuanto le entregue el lápiz de memoria… Como sepan que es una trampa, no la volveré a ver.

—Confía en nosotros —dije poniendo la mano en su hombro—. No te queda otra opción.

—A todo esto… —comentó Rojo con incertidumbre—. ¿Tú qué harás cuando verifiquen si los documentos están en la memoria?

—¿Yo? —Preguntó y sonrió—. Lo que mejor sé hacer… Desaparecer.

Soledad y el francés abandonaron la recepción cuando Rojo me detuvo poniendo su mano en mi pecho.

—Caballero… —murmuró mirándome con firmeza—.

Han pasado dos años desde la muerte de Gutiérrez…
Recordarás tan bien como yo lo que esa mujer nos ha
hecho.

—Lo sé, Rojo.

—Pues no intentes detenerme —dijo con un tono de voz
amenazante—, te lo advierto. No quiero hacerte daño.

Sus ojos atravesaron mi cabeza como un rayo de luz
abrasador. Serias palabras. Estaba dispuesto a lo que fuera
por acabar con Eme. La historia se repetía de nuevo. Tal
vez, fuese la última para ella. Tal vez, no, y fuese nuestro
último encuentro. Tenía miedo, las piernas me temblaban
al caminar. El día en el que más desasosiego albergaba en
mi interior. Por primera vez, tenía algo que perder, además
de a mí mismo. Soledad caminaba con sus gafas de sol
como la chica normal y corriente que era. Su profesión no
la privaba de ser una mujer positiva con sueños,
ambiciones y deseos de llevar una vida plena y feliz. No
me podría perdonar que le ocurriera nada. Desconocía que
la boca del lobo era más grande de lo que su imaginación
podía llegar a crear.

21

Las campanas del reloj de la Igreja Da Nossa Senhora Da
Encarnação daban la una. El sol iluminaba la plaza la calle
repleta de gente que se movía como un enjambre de
abejas. Moreau caminaba solo, en la distancia. Rojo se
había desmarcado del grupo trazando un recorrido por el
perímetro de la plaza. Soledad y yo fingíamos ser una
pareja de enamorados en gafas de sol, agarrados de la
mano, olvidándonos de todo. Por un momento, aquello
fue lo más cerca que estuvimos de unas vacaciones
tranquilas. Las calles inclinadas del Baixo Chiado nos
llevaban lentamente hasta nuestro punto de encuentro.
Con los cinco sentidos en alerta, paseamos por la rua
Garrett, una calle limpia y cuidada, de fachadas bonitas y
balcones con rosas, donde las tiendas textiles ocupaban los
bajos y las cafeterías llenaban de color las calles. Era otra
cara de la ciudad, la más hermosa y acogedora. Se podía
percibir la pulcritud en la forma de vestir de los
portugueses, que marcaban un contraste con la ridícula
apariencia de aquellos turistas de mochila y zapatos de
montaña. Una de las cosas que me gustó de Lisboa, a pesar
de mi infortunio, era la poca altura que tenían la mayoría
de edificios, que no llegaban a superar las tres o cuatro
plantas. Un detalle olvidado en partes de España a causa
de los intereses políticos y las ganas de urbanizarlo todo
con el fin de engrosar las arcas municipales. Un error que
había destruido la imagen de muchos pueblos, permitiendo
auténticas barbaridades urbanísticas, generando un mejunje

visual de lo más burdo.

—Siento que todo esto haya terminado así —comenté mientras caminaba al lado de Soledad—. Tú querías unas vacaciones y no es justo.

—Déjalo estar, Gabri… —dijo ella animándome con sus palabras. Me apretó la mano y suspiró—. Si buscara un novio normal y corriente, ya lo tendría… De hecho, ya los he tenido.

Mi lucha, la búsqueda de la verdad, las ganas de vivir al límite cuando la vida así lo requería, era también la suya, su deber con la justicia, su inclinación hacia el bien. En el fondo, no éramos tan diferentes como podíamos aparentar. Eso nos hacía invencibles.

—Eso es lo que somos… ¿No?

Reaccioné como un idiota. Con mis años, todavía me costaba pronunciar esa maldita palabra. Etiquetar el compromiso, definirlo de forma tangible. La cruzada que me perseguía durante tanto tiempo. Estudié su rostro, esperé una respuesta. Soledad no pareció ofenderse, ni siquiera inquietarse. Esbozó una ligera sonrisa pícara.

—De momento… —dijo sonriente y agachó la vista—. Eso es lo que somos.

Continuamos en silencio y topamos con un bonito edificio que tenía la fachada compuesta por azulejos de flores azules y blancas. En uno de los bajos, un lugar especial: la librería Bertrand Chiado, la más antigua del mundo, allí, frente nuestros ojos y con uno de mis ejemplares en el escaparte, tras el de Moreau y White. Quizá fuera, una vez más, una de esas casualidades de la vida, una pista intencionada, un truco barato o una simple coincidencia. Los tres varones de la medianoche en Lisboa. Primero había sido White. Quién iría después, era todo un enigma. Soledad me acarició la espalda.

—Estoy orgullosa de ti —dijo y me dio un beso en la mejilla. Lo que desconocía era que, tras ese estante, se escondía un trágico mensaje.

Los más feligreses salían de misa de la Basílica dos

Mártires, que se encontraba pegada a la librería. Estábamos a punto de alcanzar la estatua de Pessoa y el café A Brasileira. Nunca creí que terminaría tan ligado al escritor portugués.

Me repetí varias veces que todo saldría bien, como un mantra sanador, e intenté transmitírselo a Soledad. Allí, entre el agobio de la gente que abandonaba el metro y los viandantes cruzando por las calles, vislumbramos a lo lejos la estatua de Luís de Camões.

Moreau caminaba adelantado con paso ligero y firme. Rojo parecía perdido en una marea humana que lo hacía indistinguible. Soledad separó su mano de la mía y adoptó una postura defensiva, preparada para actuar. Continuando por la calzada que conectaba la plaza con otra iglesia, vi algo a lo lejos, de casualidad, en lo alto de un edificio. No podía ser cierto, o sí, eso era lo que más me dolía. Siete amplias fachadas de edificios con grandes ventanales y diferentes colores, rodeaban la plaza. En lo alto de una de las que ocupaban la vía que continuaba hacia el otro lado de la ciudad, atisbé, por azar, un reflejo que me cegó por segundos. Al fijarme bien, descubrí que había sido una cristalera en lo alto de uno de los edificios. Observándolo bien, di con la silueta de un hombre. Su presencia no fue lo que me llamó la atención, sino el rifle que sujetaba en las manos. Estaba casi preparado para disparar. Tan pronto como recibiera una señal. Los tejados de cubierta rojiza, no tenían azoteas como las terrazas comunales de la mayoría de viviendas más modernas. Los apartamentos de la última planta poseían una gran balcón exterior. Por allí, la cabeza del desconocido asomaba, preparado para abrir fuego cuando llegara la hora.

—Mierda —dije deteniéndome en medio de la calzada. Algunas personas se giraron al escucharme maldecir. Cogí a Soledad del brazo nervioso—. Saca el teléfono, rápido… Tienes que llamar a Rojo, ahora.

—¿Qué es lo que sucede? —Preguntó desprevenida—. ¿Qué has visto, Gabriel?

—Ahora entiendo por qué Eme quiere reunirse en una plaza —expliqué y señalé al francotirador—. Desea tenerlo todo bajo control.

El teléfono de Rojo daba señal, pero nadie contestaba.

—¡Rojo! —bramó Soledad—. ¿Dónde estás?

—Merodeando por los alrededores… —dijo a regañadientes. Su posición peligraba—. ¿Qué coño pasa ahora?

—Tenemos un problema… —dijo ella nerviosa—. Hay un francotirador en uno de los balcones que dan a la plaza… No intentes ninguna locura.

Porque Eme ya nos había descubierto. Lejos de fiarse de Moreau, en caso de que intentara burlarse de ella, el francés moriría allí mismo, en pleno centro de la ciudad bajo el aleteo de las palomas.

—No me jodas… —esputó molesto—. ¿Dónde exactamente?

Podía escuchar la conversación por el altavoz y señalé a la fachada amarilla con mi rostro.

—Es el edificio que está entre las dos calles que suben al Bairro Alto.

—Vale, creo que ya lo veo —dijo el policía y se escuchó un interminable soplido—. La madre que lo parió… ¿Cómo cojones subo ahí arriba?

—No lo sé —dijo ella—, pero no hagas ninguna tontería… Sigamos con el plan, encontremos a la niña y saquémosla de aquí.

—¿Y Moreau? —Preguntó desconcertado—. Lo van a abatir como a una perdiz. Es hombre muerto.

—Sólo se me ocurre una cosa…

—Ya —contestó él—. Y a mí, pero no es el momento para ello. ¡Joder!

La conexión se cortó. Rojo parecía enfadado y Moreau se acercaba cada vez más a la plaza.

—Llama al francés, dile que se detenga —me ordenó Soledad entregándome el teléfono—. Yo buscaré a la niña.

—¡Espera, mujer! —Exclamé, pero siguió caminando. El

teléfono dio un tono y Moreau se puso al aparato—. ¡Soy Gabriel, tienes que detenerte!

—¿Cómo? —Preguntó confundido—. ¿Qué dices, Gabriel? No te entiendo con tanto ruido.

—¡Párate, no sigas! —rogué alterado—. ¡Hay un francotirador en la azotea!

—¿Qué cojones?

—¡No mires! —Grité por el aparato. Una mujer mayor me miró con desprecio—. Está a tu derecha, en uno de los edificios.

—*Merde...* —maldijo desesperado—. ¿Ahora qué, Gabriel? ¿Ahora qué?

—Cálmate, Jean-Luc, estamos en ello...

A lo lejos, podía ver su silueta cercana a un paso de cebra que conectaba con la plaza. Estaba nervioso, se movía agitado entre la gente con el teléfono pegado a la oreja.

—¡Me va a matar! —Exclamó levantando el brazo—. Tengo que salir de aquí cuanto antes.

—¡No! ¡No te vayas! —Pedí. Todo se estaba complicando. Moreau, a punto de sabotear el plan, dejar a Eme plantada y arriesgar la vida de su hija. Si lo hacía, sólo Eme ganaría. Durante unos segundos, odié a esa mujer con todas mis fuerzas. No concebía cómo una persona era capaz de producir tanta zozobra en los demás. Vivir bajo el pánico de su sombra, el temor a ser visto y la congoja de morir un día cualquiera, cuando menos se espera—. Tienes que ir, debes hacerlo por ella, por Colette.

—Pero, ¿no lo entiendes? —Preguntó titubeante—. No tengo los jodidos documentos. Fraude, mentira, *déception...* *Putain!*

Dos horas eran las que teníamos para solucionar el embrollo. Moreau perdía los nervios y yo había descuidado a Soledad, que ahora se movía en la muchedumbre, como un punto negro entre la multitud. Si juntos hacíamos un equipo, separados estábamos en la ruina. Temí por ella, por Rojo, por Moreau y por mí, sobre todo por mí, porque me había vuelto vulnerable ante los ojos de Eme, que me observaba desde algún rincón inadvertido. Como un ingenuo, decidí sentarme a jugar la misma partida que Eme. Un puntapié al tablero, como diría esa chica finlandesa. Quizá fuese aquello lo único que la desarmara.

Si tanto se preocupaba por mí como había repetido, no me haría daño.

—Escúchame, no te pasará nada —dije con voz conciliadora—. Yo te protegeré… Estamos juntos en esto, si caes tú, caemos los dos.

La voz del francés se apagó por unos instantes y su cuerpo se quedó helado. Caminé en dirección recta hacia él cuando vislumbré el vestido blanco de una mujer elegante. Estaba lejos, era imposible de reconocer. Junto a ella, una pequeña figura humana, una niña vestida de forma similar. Era la hija de Moreau. Apreté los puños. Mientras que Soledad buscaba a un esbirro de Eme, ésta esperaba de incógnito, protegida por sus vigilantes.

No había marcha atrás. Todo o nada. A medias, las cosas nunca salían bien. Debía apostar, jugar la última carta, comprobar si la suerte existía o era pura palabrería.

Tras la estatua de la plaza, un kiosco con forma de bar tenía desplegadas mesas a su alrededor. Allí, el hombre del bigote, con una venda en el brazo, y otro matón, aguardaban a la espera de Moreau. El francés debía situarse frente al monumento. Éstos le harían una señal para que les acompañara hasta la mesa. En lo alto, un rifle apuntaría a su cabeza a la espera de una orden. Si todo salía mal, Moreau caía y, después, yo. En una de las bocacalles que había detrás de la plaza y que servía de parada de tranvía, Eme esperaba con la niña, paciente y deseosa por ver el final de su obra teatral. Le había perdido la pista a Soledad, que posiblemente estaría vagando sin rumbo en busca de una niña despeinada y con lágrimas en los ojos. Pero no se podía equivocar más. Miré a lo alto y no encontré más que el reflejo del rifle que apuntaba al centro de la plaza. Las malas noticias llegaban y Rojo no había sido capaz de entrar. El tiempo se nos agotaba, me dije si sería capaz y si merecía la pena todo aquello que hacíamos. Por un momento, la vida pasó como un soplo, como el aleteo de las palomas. Y es que era más fácil mantenerse al margen, vivir los hechos como quien pasa las páginas del periódico, ajeno a todo, sin involucrarse, sin luchar por cambiar los acontecimientos. Pero yo no era así, ni tampoco ninguno de los que me acompañaban. El mundo era un lugar inmenso lleno de personas diferentes. Todas con el mismo derecho a pedir y demandar, aunque sin las agallas suficientes para involucrarse en el peligro. Las grandes batallas habían sido gestadas por personas de carne y hueso, de palabras y hechos. Negar que formábamos parte de ese grupo, era negar que seguíamos vivos.

Crucé la acera y vi cómo el francés se adentraba en su camino final. Los coches se amontonaban en la calle por la congestión del tráfico. Agaché el rostro, como quien intenta evitar las miradas de la gente, y me escabullí entre automóviles. Bordeé la plaza y anduve despacio. A la altura de mi rostro, podía ver los pies de Moreau sobre la explanada. Un tranvía amarillo cargado de turistas pasó por delante. Evité que me vieran, para no ser advertido. Moreau se mostraba nervioso, perdido y a punto de explotar en un grito. No podía evitarlo. Me habría gustado saber que se le pasaría por la cabeza en ese instante, aunque, posiblemente, la respuesta fuera nada. De pronto, uno de los hombres de la mesa se acercó a él y le animó a que le acompañara. Iban armados y no se molestaban en ocultarlo. Todo pintaba fatal. Habría sangre y lágrimas. Me estaba acercando a Eme, que se encontraba en mi dirección, plantada como si esperara a alguien. Moreau dio varios pasos y no aguantó la presión. Levantó el rostro y advirtió al hombre del balcón. Craso error, pero no había tiempo para las lamentaciones. Si su cabeza explotaba como una piñata de cumpleaños, su hija estaría presente para guardar hasta el último caramelo. Eso me enfureció aún más. Eme, calculadora hija de perra y sádica oportunista. Por alguna razón, la niña no veía a su padre en la distancia. Un gran árbol se interponía entre ellas y el kiosco. Recorté metros, con las palmas de las manos heladas y el corazón a un ritmo frenético. Pensé que me moría allí, pero tenía que avanzar. Mi ritmo respiratorio se entrecortaba. Desarmado, lo único que podía hacer era empujar a esa mujer contra los coches, provocar un accidente o lanzarla para ser arrollada por el tranvía. Puede que no fuera el modo más elegante de solucionar el problema, pero ni ella era una mujer común ni yo estaba allí para comportarme como un noble.

Escuché una conversación en inglés a lo lejos. Querían que Moreau les entregara el dispositivo, pero éste se negaba. Primero exigía ver a su hija. Discutieron durante unos segundos hasta que uno de los hombres le señaló a la niña. Protestando, metió la mano en su bolsillo y sacó la memoria portátil. Antes de entregarla, volvió a mirar hacia arriba con la frente sudorosa. Yo me acercaba cada vez más a Eme. Ella ni siquiera había advertido mi presencia todavía. Uno de los hombres sacó un ordenador portátil digital de una mochila y lo puso sobre la mesa. La pantalla se encendió y conectó el dispositivo a la ranura. De pronto, Eme giró el rostro, dejó de lado el espectáculo y me bañó en su retina. Estaba tan cerca de ella que no pude reaccionar.

—Hola de nuevo, Gabriel —dijo con una sonrisa. Los coches bajaban haciendo una curva y yo me encontraba en la acera que había frente a las dos. Eme permanecía bajo el rótulo rojo de una oficina de correos que hacía esquina entre las dos calles. Una localización perfecta para tener bajo control los acontecimientos—. Estarás contento, ¿verdad?

—Dame a la niña, Eme —contesté recortando distancia. Un vehículo bajó por la calle en ese mismo instante. Después, me planté en medio de la calzada y alcancé su posición—. No se merece que hagas…

—Espera, no te muevas —dijo ella y retrocedió unos pasos—. Te vas a perder lo mejor.

Moreau parecía más nervioso de lo normal, sentado en la mesa con los ojos en la pantalla. Contaba los segundos para que algo sucediera o todo terminara para siempre. No debe de existir peor sensación que la de saber que estás muerto y seguir respirando. De pronto, se escuchó una riña. Los hombres empezaron a maldecir en portugués.

—*Já!* —Murmuró Eme con firmeza, pero no sucedió nada—. *Atire, já!*

Mi corazón se detuvo y el último latido retumbó en mi cabeza. Apreté los dientes y cerré los ojos a la espera de un estruendo, pero nada sucedió. Ambos miramos hacia arriba y vimos cómo el francotirador caía abatido por una sombra. Era Rojo, lo había conseguido. Al mismo tiempo, en la plaza, Moreau provocó un alboroto tan fuerte que aprovechó para escabullirse sin que lo atraparan.

—Maldito cobarde… —dije y observé a Colette. El plan de Eme había fallado y ahora sólo me quedaba salvar a la pequeña francesita—. Dame a la niña y lárgate.

Eme tiró de ella y la pequeña soltó un gemido de dolor. Parecía drogada, como si no supiera muy bien dónde estaba. No me sorprendió en absoluto. Era capaz de todo por cuidar el último detalle.

—Da media vuelta, Gabriel, no me lo pongas más difícil —dijo, sacó una pequeña pistola negra de bolso y me apuntó al pecho—. No quiero hacerte daño, pero ya me conoces… Yo no sé perder.

El callejón estaba desierto. A pesar de ser el centro de la ciudad, nadie nos veía en ese momento. En la mayoría de ocasiones, vivimos tan sumidos en nuestros pensamientos que somos incapaces de contemplar lo que sucede a nuestro alrededor. Recé por que algún vehículo bajara por allí, pero nadie escuchó mis plegarias. Sentí el temblor de sus manos y la frialdad en su mirada. Un paso en falso y un final de novela. En la vida real, los villanos no siempre pierden. Eme no lo pensaría dos veces antes de apretar el gatillo y desaparecer como polvo de estrellas.

—Todavía estás a tiempo, Eme… —insistí acercándome un poco más a ella—. Dame a la niña y te dejaré marchar.

Ella se rio. Tenía el arma a la altura las caderas y en una posición firme. Nunca la había visto tan convencida. Su pellejo o el mío. No había más. Debía moverme, hacia delante o hacia atrás. Pero, qué más daba, me llevaría al mismo final. Estaba encarando a mi destino, el final de un guión que había evitado tantas veces.

—Es una lástima que esto termine así, Gabriel… una pena que no me escucharas cuando te advertí que te quedaba demasiado grande este asunto… —dijo ella mirándome con pena—. Ay, Gabriel, Gabriel… Con lo que tú y yo hemos sido… ¿Será que nuestras vidas están unidas por un cordón umbilical? ¿Que nuestros días carecerían de sentido si uno de los dos ya no estuviera? ¿Sabes? Lo he pensado tantas veces… Supongo que es la razón por la que no puedo hacerte daño… pero no juegues conmigo, jamás he sido fiel al corazón.

—Estás loca, Eme.

—Puede ser… —contestó y miré al cañón. La niña tenía la mirada perdida en el infinito y apenas balbuceaba—. Una loca en un mundo de muertos vivientes, de humanos que nacen, se reproducen como esporas y mueren sin plantearse por qué estaban aquí… Una loca que se preocupa por los intereses que otros desatienden, mermados por el consumo, los medios de masas y las ideas huecas que escuchan en boca de otros y que olvidan con facilidad… ¿Acaso no te sientes así, Gabriel? ¿Acaso no crees también que eres parte de una colmena que sólo tiende al caos, a la insatisfacción, al placer rápido, a las guerras y a la autodestrucción sin preguntarse por qué? Cuando eres consciente de eso, te conviertes en un superviviente… Y yo, por mucho que discrepes, sólo intento sobrevivir en este aburrido infierno…

—Bonito discurso, Eme —dije mofándome de sus palabras—, pero no te saldrás con la tuya de nuevo.

Ella suspiró y me regaló una última sonrisa desamparada.

—Al fin y al cabo, la vida se forma a base de decisiones… —sentenció apretando la mandíbula y levantando el cañón con delicadeza. Observé su dedo en el gatillo—. Tú ya has tomado la tuya… Adiós, Gabriel.

22

El ruido del tranvía pasó por mi espalda y sentí el aire de los vagones cerca. El sol me daba de cara, desde otro lado de la calle, donde se encontraba Eme con la niña. Cerré los ojos y apreté los párpados hasta sentir dolor en las cuencas. Tenía razón, había llegado demasiado lejos. Era estúpido pensar que el pez chiquito podía comerse al gordo.

—Dispara y te volaré los sesos —dijo una voz femenina procedente de atrás. Era Soledad, mi estrella salvadora, la mujer dispuesta a arriesgar su vida por mí. Singular momento, situado entre el bien y el mal, encañonado en ambos sentidos. Pensándolo bien, quizá fuese yo la bola del péndulo que sube y baja alcanzando ambos lados—. ¡Suelta a la niña!

Eme sonrió por un instante, mostrando una expresión atípica, desafiante y valiente. Su desprecio hacia los hombres era algo que ya conocía, pero nunca la había visto así de feroz ante una mujer. Puede que Soledad fuese la primera que le hacía frente, dispuesta a enfrentarse en un duelo a muerte.

—Tenía ganas de conocerte —dijo Eme en la distancia sujetando el arma con una mano y a la niña con otra—. Gabriel significa mucho para mí.

—Suelta a la niña, te juro que tengo buena puntería…

—No —respondió la mujer—. Esto no termina aquí. La niña se viene conmigo. Ese mamarracho pagará su error con años de sufrimiento.

Aprovechando la riña, recorté unos pasos para acercarme a

la pequeña. Vi el cañón de Eme levantándose hacia mí y me detuve con las manos en alto.

—Un paso más —dijo ella—, y eres hombre muerto, Gabriel. No cometas más estupideces.

—No te atrevas a hablarle así —dijo Soledad.

—Tú cállate —replicó con desdén. Eme perdía los estribos, aunque parecía calmada y fría como un invierno ruso—. No eres más que su tampón emocional. Cuando sepas que te está utilizando, te darás cuenta de quién es…

No me gustaron en absoluto sus palabras. La pequeña parecía abstraída. Busqué su atención con las manos. De pronto, vi algo de luz en sus ojos. Si me reconocía, podía sacarla de allí.

—No le hagas caso, Soledad —dije sin mirar atrás centrándome en la niña—. Intenta confundirte para que caigas en su juego…

—Tarde o temprano te dejará —prosiguió. Parecía despechada, pero era fruto del cálculo—. Lo ha hecho siempre, lo hace con todas… menos conmigo. Se aburrirá de ti, créeme… ¡Sé de lo que hablo!

De pronto, un coche alemán de color negro entró en la calle. Levantó el arma y tiró del brazo de la niña. El coche frenó en seco. La puerta trasera se abrió y Eme procedió a entrar.

—Adiós, Gabriel —dijo todavía señalándome con la pistola.

Cuando se introducía en el vehículo, un hombre apareció por la otra esquina de la calle. Era Rojo, no podía creer que se hubiese dado tanta prisa. Una bala impactó contra la parte trasera del coche. Eme sacó el brazo por encima ventanilla y disparó. Todos nos asustamos. Salté sobre la niña para protegerla con como un jugador de fútbol americano. Su brazo se despegó de ella. Los segundos se estiraban como goma de mascar. Me arrastré y rodé por el suelo. Creí haberme fracturado más de un hueso. Después se escuchó un segundo impacto ensordecedor, el coche aceleró con fuerza y yo no sentí nada sobre mí.

Puede que ya estuviera muerto.

Para mi fortuna, los segundos pasaron en una fúnebre oscuridad provocada por el pánico. Sobre mi plexo solar, sentí los latidos de la niña, su respiración breve y asustadiza. Unos pasos se acercaron a mí a toda prisa. No sabía muy bien de dónde procedían. Era confuso.

—¡Mierda! —Gritó Rojo corriendo calle abajo, cuando el automóvil ya se había perdido en las calles—. ¡Mierda y mierda!

Abrí mis brazos y me incorporé con dificultad, todavía dolorido por las sacudidas recibidas en las últimas horas. Allí estaba Colette, algo más despierta, tal vez por la adrenalina y el pánico. Cerca de mí, Soledad se aproximaba a socorrerme. Cuando vi que tanto ella como la niña estaban a salvo, di un gran suspiro.

—¿Estás bien? —Preguntó Soledad con el rostro encogido acariciándome la cara—. ¿Te han herido?

—No, no… —dije y me dirigí a Colette, que nos observaba como un muerto viviente—. Hay que llevar a la niña a un hospital, parece que está bajo los efectos de algo…

—Hola, guapa —dijo Soledad acariciando su rostro. La pequeña no había sufrido ningún arañazo. Tenía la cara dulce y cansada y la expresión abandonada. Nos miraba como un felino que observa a dos extraños: atenta y desconfiada—. No te va a pasar nada, ya estás a salvo…

Ella se agarró a mí con fuerza y sentí un fuerte escalofrío de alivio.

—*Où est mon père, Gabriel?* —Preguntó con voz desvalida.

—¿Me he perdido algo? —Preguntó Soledad con dulzura.

—Gracias por arriesgar tu vida —dije con una sonrisa y mirándola a los ojos. Ella se acercó a mí y nuestros labios estuvieron a punto de juntarse de nuevo cuando escuché el gruñido de Rojo.

—¡Me cago en mi calavera! —Exclamó a pleno pulmón—.

189

¿A dónde ha ido?

—Yo que sé, Rojo… —contesté entregándole la niña a Soledad y recuperando el equilibrio—. Pero, si no llega a ser por ti…

—Esa maldita zorra… —dijo molesto. Quise entender su reacción. Era lo más cerca que había estado de ella en dos años—. ¿Estáis bien?

—Sí, aunque he tenido mejores días…

—¿Y Moreau?

—Huyó como un cobarde cuando derribaste al pistolero.

—Escritores… —dijo respirando con rapidez. Miraba a su alrededor, elucubraba a toda velocidad—. Escuchad, hay que largarse de aquí ya. Coged un taxi, localizad al francés y decidle que tenemos a la niña. Después, corred hasta la entrega, no os queda mucho tiempo…

—¿Y tú? —Pregunté agarrándole del hombro—. ¿Qué vas a hacer?

—No te preocupes por mí.

Me limité a asentir. Sabía lo que pensaba. Rojo no me iba a contar nada, aunque no era necesario. Estaba dispuesto a exprimir los minutos con tal de dar con el paradero de Eme. En cuanto a mí, me sentía demasiado cansado como para ir tras ella.

De una callejuela, escuchamos la suela de unos zapatos aproximándose a nosotros. Levanté la vista y apareció el francés corriendo en nuestra dirección. Al ver a su hija, su mirada se iluminó y se lanzó a abrazarla.

—¡Tú! —Exclamé sorprendido. Esta vez era yo quien sonaba con desprecio—. ¿Dónde te habías metido?

Se fundió en un abrazo con la niña, que se había despegado de Soledad al reconocer a su progenitor.

—*Oh, mon amour, ma fille*… —decía afligido—. *Grace a Dieu*…

—¿Cómo has conseguido escapar de esos hombres? —Preguntó Soledad acercándose a él. Moreau, con las piernas flexionadas, nos miró como si hubiera olvidado que estábamos allí.

—Aproveché el revuelo para esconderme en un portal de esa calle —Explicó en español y señaló a una fachada—. Lo he visto todo, no sabéis cuánto…

Rojo le propinó un puñetazo antes de que terminara la frase. El francés se cayó hacia atrás golpeándose contra las baldosas. Después se puso la mano en el rostro.

—¿Estás loco? —Preguntó ofendido—. ¡A qué ha venido eso, imbécil!

—Eres un mierda, Moreau —respondió Rojo mirando a la calle—. Te mereces eso y más por poner a tu hija en peligro.

—¿Qué estás diciendo, chiflado? —Insistió—. ¡No voy con una pistola por la calle!

Soledad y yo nos reímos.

El francés buscó apoyo emocional.

—Tiene razón —dijo Soledad—. Levántate, anda. Ya has hecho el suficiente ridículo por hoy.

Rojo levantó el brazo. Un taxi que bajaba la calle se detuvo en una esquina.

—Largaos, no llegaréis a tiempo —dijo el inspector—. Me pondré en contacto con vosotros, ¿entendido?

Soledad, Moreau y su hija entraron en un viejo Mercedes negro con el techo de color azul turquesa. Me acerqué a Rojo y le agarré del brazo por última vez.

—Gracias, amigo —dije mirándole con camaradería—. No tientes demasiado a la suerte.

—Pensaré en ello —contestó y sonrió.

Al entrar en el vehículo, vi la figura del policía a un lado y después se perdió en la distancia. En realidad, me importaba un bledo lo que ocurriera en la ceremonia de premios, si íbamos a llegar a tiempo o si el ganador era yo. Mi lugar estaba con él, con mi amigo, en busca de esa mujer que, de nuevo, como nos tenía acostumbrados, se había burlado de nosotros. Sin embargo, había sacado algo positivo en todo aquello. Soledad era la única mujer capaz de ponerla en su sitio, de hacerla temblar como Rojo y yo no habíamos logrado.

El vehículo salió disparado por la rua do Alecrim, una larga calle que terminaba en el principio del paseo que daba al Tajo. Vi la hora, teníamos menos de una hora para llegar al Centro de Congressos de Lisboa, irrumpir en la ceremonia y que Moreau recogiera el premio para llevar a cabo su espectáculo. A partir de ahí, ya no sería problema nuestro lo que sucediera con él. Soledad y yo nos pondríamos a cubierto para olvidarnos de todo lo ocurrido y recuperar, dentro de lo posible, el tiempo que habíamos perdido. En el vehículo, ella iba sentada detrás, junto a la niña y el escritor francés. Yo acompañaba al conductor, que conducía con las uñas largas y sucias. En la vieja radio sonaban canciones veraniegas en portugués. Contemplé el espejo lateral, pero no encontré a ningún vehículo sospechoso. No podía fiarme de nadie, a esas alturas de la historia, lo impensable era más que posible.

—Todavía no me creo que esto esté sucediendo… —murmuró Moreau en español. Tenía el rostro encarnado por el puñetazo—. Pensar que he estado a punto de perderla… No sé cómo daros las gracias.

—Lo hemos hecho por ella —dijo Soledad—. Espero que hayas aprendido la lección.

—Ahora —añadí—, cumple con tu parte.

—¿Hay una moraleja en todo esto? —Preguntó el francés.

—La mayoría de veces, en esta vida —dijo Soledad—, la familia importa más que tus intereses personales. Nos olvidamos de lo que realmente tiene un significado en nuestra existencia, por qué estamos aquí… A la larga, nos arrepentimos.

No entendí muy bien si se refería a su padre y lo que había sucedido con aquel eslavo. Tal vez, si él y Rojo hubieran dejado atrás la investigación, no hubiera fallecido. Tampoco entendí si se refería a mí, a mi particular visión de la verdad, a lo dispuesto que estaba por arriesgarlo todo sin importarme nada más, dispuesto a arrepentirme más tarde. Un montón de palabras que daban significado a una vida o podían terminar en una de esas citas anónimas que todo el mundo repetía. Preferí creer lo primero. Soledad, como el resto de mortales, tenía muchas deudas pendientes consigo misma. Su lado más protector, la faceta que la hacía diferente, no era más que un reflejo de algo que pudo haber evitado y no hizo y que, ahora, ponía sobre mí, resignándose a perder dos veces ante la vida.

Reflexioné sobre lo que había dicho en silencio, buscando en mis adentros, intentando reconocer las heridas que había dejado abiertas en el pasado. Por la ventanilla observé el tren de cercanías que se dirigía a Cascais, el rojizo Golden Gate portugués y al gigantesco Cristo Rey sobre una colina, al otro lado del puente, acogiéndonos con los brazos abiertos.

Pedí al taxista que se diera prisa y sorteó los vehículos y las motocicletas que formaban el tráfico como un esquiador profesional. Finalmente, salió de la avenida y giró a la derecha. Bordeamos el edificio hasta dejarnos en la puerta principal. El evento parecía haber comenzado y todas las azafatas, periodistas y miembros de seguridad se concentraban en los aledaños de la entrada.

—Id vosotros delante —dijo Soledad—. Nosotras os alcanzaremos.

Moreau miró atrás con recelo de abandonar de nuevo a su hija.

—No la pifies ahora —dije en el exterior. El francés me miró y cerró la puerta. Después, corrimos hacia el auditorio.

193

23

Unas ochocientas personas ocupaban las butacas rojas del enorme Auditorio I del centro de congresos. Construido en una pendiente, al final del auditorio se encontraba una gran tarima de color gris con un atril y, tras ésta, un escenario de madera. El lugar era imponente. Las luces daban un tono cálido a la celebración. Posiblemente, era el auditorio más grande que había pisado en mi vida. Tras un breve discurso en inglés y portugués, vestido de traje y con la misma apariencia cansada que había mostrado horas antes, João Cortés, concejal de cultura de la capital, se disponía a nombrar al escritor ganador del primer Lisboa Preto. Moreau y yo entramos por la parte trasera llamando la atención de algunos invitados. Sentí cierto nerviosismo por haberlo logrado. Después de todo, la victoria era lo que me hacía olvidar lo demás. Por un instante, deseé que ese hombre pronunciara mi nombre. Ingenuo de mí. En las primeras filas, encontré las cabezas de los Moretti y de Barbosa, junto a nuestros sillones vacíos.

—Es allí, vamos —dije animando al francés a sentarnos, pero él me detuvo con su mano.

—Ve tu, ahora te alcanzo —contestó y se quedó atrás. Respeté su decisión y me inicié en mi camino. Moreau tenía una gran responsabilidad. Para soltar una bomba de esa índole delante de tanta gente, había que tener agallas. Al llegar a mi butaca, avisté a Sabrina envuelta en un elegante vestido de color negro que realzaba la palidez de su piel. Qué mujer, todo le quedaba como un guante. La mayoría de hombres llevaban traje y yo, sucio y arrugado como un acordeón, no hacía más que despertar comentarios sobre mi apariencia.

—Gabriel… —susurró para no levantar la voz. Me acomodé y sentí una fuerte sensación de placer en mis glúteos. Aquella butaca era el lugar más cómodo del mundo—. ¿Dónde te has metido? ¿Qué le ha pasado a tu ropa?

—¿Sabes, Sabrina? —Dije agotado con voz pícara—. Si te lo contara todo, perdería mi encanto.

Ella sonrió y me dio una ligera palmada en el brazo. Su marido cazó el gesto y tensó el bigote.

—¿Dónde está Moreau?

—¿Ha pasado algo?

—No —dijo ella—. Esto es un bodrio.

Entonces la voz de Cortés se amplificó con fuerza en el auditorio silenciando cualquier murmullo. Los periodistas se agolparon en los alrededores de las filas que había bajo el escenario, delante de nosotros. La prensa hablaría de ello, pero nunca de nosotros.

—Y la novela ganadora del Lisboa Preto es… —dijo con fuerza y confianza—. La verdad cristalizada de Jean-Luc Moreau.

Se escuchó un ligero puñetazo contra el reposabrazos y vi el rostro de Barbosa afectado. Acto seguido, el portugués se levantó y abandonó el gran salón. Aplaudí con las pocas fuerzas que me quedaban, como quien va al cine y se acomoda tras los quince minutos de anuncios. Sabrina también lo hizo, aunque desolada, mientras su marido le ponía una mano sobre la pierna. Parte del público se levantó de sus asientos para aplaudir al francés. Junto al atril y en una mesita, el concejal portugués mecía su cabello canoso antes de entregar una estatuilla de hierro con la forma del puente rojo. Moreau bajó lentamente por uno de los laterales hasta llegar a la plataforma. Estrechó la mano del portugués, sonrió y levantó el premio. De nuevo, se formó un silencio. Todos querían ser él. Los periodistas

195

inundaron el escenario con una lluvia de luz que salía de las cámaras de fotos. Era el momento clave, Moreau jugaba a ser Dios provocando el caos. Los invitados aguardaban por escuchar lo que tenía que decir y yo por ver cómo ponía la guinda al pastel de aquel concurso.

—Muchísimas gracias... —comentó a la audiencia tras el delgado micrófono—. Es un honor para mí recibir este premio, un día tan señalado en una ciudad tan importante como Lisboa, donde han sucedido tantas cosas... a lo largo de la historia... Sinceramente, tenía preparado algo para hoy, en caso de ser elegido... pero lo he dejado en el hotel... Muchísimas gracias por todo.

El público se rio y aplaudió de nuevo con más fuerza. Me sentí desinflado, vacío por dentro. Entregó otro apretón de manos y se retiró de allí ovacionado por la audiencia, perseguido por los periodistas y habiéndonos decepcionado a quienes guardábamos su secreto.

Salí del auditorio antes de que terminara la ceremonia con la intención de interrogar a Moreau por su repentino cambio de opinión. Después de todo, estaba tan convencido de que lo haría, que me sintió como una ofensa. Fuera del edificio, encontré a Soledad con la niña esperando bajo el sol. Un puñado de personas comentaban alrededor de la salida. Cuando sentí el aire, eché mano a mis bolsillos con la intención de fumar un cigarrillo. Mala señal, pensé. Era la segunda vez que ocurría. Un hábito que había dejado atrás, en esa vida anterior donde las cosas sucedían sin una razón aparente. Una época en la que el rumbo de mis días avanzaba como un partido de fútbol la selección italiana, siempre con balonazos hacia delante. Una época que quedaba atrás en cuanto veía a esa mujer tan bella y confiada a la vez. Quizá fuese ahí, en los contrastes extremos, donde residía su hermosura. Me acerqué a ellas y encontré a Soledad con desánimo.

—No nos han dejado entrar —explicó sujetándola por los hombros—. ¿A qué viene esa cara de besugo?

—Se lo ha guardado, Sol… —contesté mordiéndome el labio inferior—. No ha sido capaz de hacerlo.

Su expresión cambió. Ella tampoco lo esperaba.

Una persona se acercó a nosotros.

—Estáis aquí… —dijo en español. Era Moreau, con su fingida sonrisa y la mirada turbia. Había algo en él que desprendía resentimiento—. Vengo a recoger a mi hija, creo que os he molestado de sobra por hoy…

La niña corrió hasta la pierna de su padre. Un montón de reporteros se acercaban a él.

—¿Por qué has reculado, Moreau? —Pregunté atento a su respuesta, no sólo la verbal—. Te tomé por un hombre de palabra.

—Y lo soy, me pagan por usarlas.

—No tiene ninguna gracia.

—Sus palabras —dijo apuntando a Soledad—, me hicieron reflexionar… Esa mujer me escribió un mensaje antes de recibir el premio.

—¿Qué buscaba?

—Mejor dicho, qué ofrecía —rectificó con chulería y miró a la niña—. Dinero y silencio, o vivir como un fugitivo… Lo quieras o no, siempre te obliga a tomar una decisión.

—Y tú ya la has tomado —añadí parafraseando a Eme. No podía juzgarle. Cientos de emociones mezcladas se manifestaron en mi cuerpo. Odio y lástima. Con niños por medio, siempre es complicado juzgar a alguien.

—Es hora de marcharnos —dijo cogiendo a su hija en brazos—. ¿Nos veremos en el futuro, Caballero? ¿Tal vez por París?

—Quién sabe… —dije divagando entre mis pensamientos—. El tiempo dirá.

—Siempre lo hace —se despidió y agachó el mentón como reverencia a Soledad. Después, caminó hacia un corro de periodistas y personalidades que estaban a punto de alimentar su ego de preguntas relacionadas con el libro. Otro enigma que quedaba atrás, otra historia desconocida para el mundo mientras decidía si comprar o no el último accesorio de tecnología. Sin lugar a dudas, los laberintos de la vida nos llevaban por diferentes senderos. Para algunos, como White, pasillos sin salida que terminaban en la más profunda desgracia. Para otros, como yo, servían de experiencias insólitas a cambio de un alto precio: el silencio. Soledad se acercó a mí y me cogió de la mano. Luego me besó en la mejilla. Vi como Moreau se perdía en la distancia y giré el rostro hacia ella con el fin de besarla de nuevo.

—¿Por dónde nos habíamos quedado? —Pregunté y cerré los ojos para fundirnos en un beso cuando escuchamos a alguien interrumpirnos de nuevo.

—¿Dónde está la fiesta? —Preguntó Rojo—. ¿Ya ha terminado?

Soledad y yo reímos.

—¿Cómo lo haces?

—No me jodas, Caballero —dijo el oficial riéndose delante de nosotros. Después vio a Moreau. Rojo parecía cansado, como si hubiese corrido un maratón. Frunció el ceño y señaló al francés—. Déjame adivinar… Se ha llevado a la niña y no ha soltado prenda… ¿Me equivoco?

—No vas mal encaminado… —contesté y observé que estaba sudado—. ¿Qué hay de ti? ¿Qué has estado haciendo?

Rojo observó a Soledad y después volvió a mí.

—El transporte de esta ciudad es demasiado lento —confesó y volvió a mirarnos de reojo—. Se nos ha vuelto a escapar, Gabriel…

—Ni siquiera sabía que estaba aquí… —argumenté—. ¿Qué piensas hacer ahora?

—De momento, ir al hotel y darme una ducha… —comentó pensativo—. ¿Por qué no os quedáis una noche más? Podemos ir a cenar los tres juntos esta noche.

No entendía nada. Rojo proponiendo un encuetro, como una reunión de amigos. Dudé si estaría ideando algún plan relacionado con Eme o si, tal vez, sus sentimientos hubiesen florecido.

—¿Los tres?

—Yo tengo libre hasta el martes… —dijo Soledad—. Me parece una buena idea.

—Puede ser un buen momento para abrir nuestros corazones —dijo Rojo con burla.

—¿Estás segura? —Pregunté y contemplé su semblante. Ella también guardaba algo. Había llegado el momento de levantar las cartas que llevábamos cada uno.

—Sí, claro… Será divertido —explicó con gracia—. Además, ahora que ha terminado todo, me gustaría que me prestaras algo de atención.

—Estupendo —dijo Rojo—. Reservaré en un lugar que conozco y os llamaré más tarde.

—¿Desde cuándo conoces esta ciudad? —Pregunté sorprendido—. Nunca me hablaste de…

—Cuanto antes dejes de hacerte preguntas —respondió sin permitir que terminara la oración—, antes entenderás con quién tratas, Caballero.

—Contigo, lo dudo.

Rojo se subió a un taxi que había parado y se marchó de allí.

—¿Crees que hablaba en serio? —Preguntó Soledad dubitativo—. Eso de abrir los corazones…

Me acerqué, la abracé y comencé a besarla.

—Si te digo la verdad, ahora que sé que nos quedamos —susurré al oído—, lo que diga Rojo me importa más bien poco…

24

Durante el viaje de vuelta al hotel, el taxista se empecinó en darnos conversación al ver que hablábamos en el idioma vecino. Yo no tenía demasiado interés en seguir sus ocurrencias, por lo que Soledad tomó el mando e intercambió opiniones y curiosidades sobre la ciudad y lo que, según él, nos interesaría de ella. Apreciando su amabilidad, una vez le hubo explicado que no era nuestro primer día y que ya habíamos comprobado todos los tópicos lisboetas, el coche nos dejó a varios metros de la puerta del hotel, un lugar que había cambiado de color tras la celebración de la entrega. Parecía que la fiesta hubiera terminado para siempre. Nos dirigimos hasta la recepción para asegurar que nos quedábamos una noche más mientras contemplábamos cómo recogían parte del decorado y muchos huéspedes abandonaban el lugar con sus equipajes de mano. Entre ellos, no podía faltar la pareja italiana que, silenciosa, partía apenada tras no haber recibido el primer premio.

—¿Sabrina? —Pregunté cuando regresábamos a nuestra habitación—. ¿No te vas a despedir?

La escritora italiana fingió haberme escuchado. Su ego había sido dañado tras el fallo del jurado. Me hubiese gustado decirle que no se preocupara, que los premios carecían de valor, al menos, los literarios. En un mundo corrupto lleno de intereses, no debían importarle las portadas de revista, ni las entrevistas en televisión y, mucho menos, los trofeos otorgados por un puñado de hombres con el ego más grande que ella. Los medios de comunicación jugaban con la ilusión de las personas, haciéndoles creer en cosas alcanzables, aunque raramente posibles para ellas. Pero decidí guardarme las palabras para otro momento. No era nadie para robarle el optimismo, las ganas de seguir intentándolo, aunque fuese en busca de un arca perdida de esperanza.

—Oh, Gabriel… —dijo ella disimulando no habernos visto—. Así es… Nuestra aventura por Lisboa ha terminado. Una pena, ¿verdad?

—Según cómo lo mires…

—Me refiero al premio —dijo ella—. Me pregunto cuándo una mujer ganará algo.

—Seguirás luchando, querida… —comentó el marido mientras miraba su teléfono, vestido de esmoquin y con el cabello engominado—. *La vita non è facile.*

—Deja de decir esa frase, ¿quieres? —Respondió a su marido y apartó la mano de su cuerpo. Después, se dirigió a nosotros—. Espero que volvamos a vernos, en otra ocasión, en otro concurso, quién sabe, Gabriel.

Soledad me agarró del brazo.

—Estaremos encantados de ello —dijo con una sonrisa felina apartando a su rival.

—*Arrivedereci*, Sabrina —contesté. Ella se acercó a mí para darme un último beso en la mejilla y un fuerte abrazo de despedida. Respiré con fuerza, cerré los ojos por un segundo y absorbí la fragancia que desprendía. Sabrina era una mujer única, quizá más de lo que se merecía el hombre que la acompañaba. Con el paso del tiempo había aprendido que nuestra existencia es limitada y que no podemos conocer a toda aquella persona que nos atrae en una primera impresión. Hacía tiempo que había puesto a un lado la romántica idea de las medias naranjas y la creencia de que todo su Adán tenía a su Eva. Prefería ver el amor y el compañerismo como a los vinos cosecheros. El camino de la vida es largo, pedregoso en muchas ocasiones y llano en otras, con subidas y bajadas, con disgustos y alegrías. Un sendero que nadie caminará por nosotros. Por tanto, mejor acompañarlo de un buen vino que, a sabiendas que jamás podremos probarlos todos, cada uno de ellos únicos y diferentes. El que bebemos, si bueno es, nos hace olvidar al resto.

La pareja desapareció como dos rostros desconocidos en una estación de metro y que, en la mayoría de ocasiones, no volvemos a ver. Caminamos por el pasillo hasta las escaleras cuando atisbé una presencia masculina. Era de esperar, estábamos en el mismo pasillo. Nuno Barbosa o 'el baboso', como terminé de apodar, el seductor escritor portugués, abandonaba solitario su habitación con una pequeña maleta colgando de su mano. Indignado, simuló no conocernos a ninguno de los dos y se limitó a dar las buenas tardes como hubo hecho la primera vez que nos encontramos allí. Miré a Soledad con complicidad y ella me devolvió una respuesta silenciosa. Sólo ellos dos sabían cómo había terminado en aquel restaurante de fado, un final que, bajo mi sospecha, no fue como hubo deseado el literato. Finalmente, llegamos a la habitación y encontramos el cuarto recogido por el servicio de limpieza. Anduve hasta uno de los ventanales y lo abrí permitiendo que pasara la brisa fresca de la calle. Después, me dejé caer sobre la cama como un fénix abatido con las alas abiertas. Enseguida, sentí el calor de Soledad acercándose a mí. Su cuerpo abrazado al mío, su cabello por encima de mi rostro y su fragancia inundando mi alrededor.

—Voy a necesitar otras vacaciones —dije con los ojos abiertos clavados en el blanco techo de nuestra habitación.

—Quedémonos aquí de por vida —respondió ella agarrándome por las costillas y posando su rostro sobre mi pecho—. Además, tú siempre estás de vacaciones.

Guardé una pequeña pausa y suspiré. Tenía razón, podía quedarme allí, para siempre, no en esa ciudad, sino en la cama, junto a ella. No me importaba dónde estuviéramos, ni que la ventana siguiera abierta. Me estaba ablandando, pero no había nada de malo en ello cuando se hacía en el lugar oportuno, con la compañía perfecta y libre de peligro. Una vez más, el cuento se había repetido, aunque los años me habían ayudado a madurar. Eme, Rojo y yo y, ahora, Soledad. Temía por ella, porque esta era una historia donde los actores salían de ella con un final trágico. Rojo y yo nos habíamos librado en diversas ocasiones, pero atrás quedaba gente como White, Ortiz, Bordonado, los finlandeses o el pobre Gutiérrez. El nombre de Eme lo relacionaba con un charco de sangre, una sombra en plena luz del día, un callejón oscuro en una noche perdida. Era todo lo que venía a mi mente cuando alguien hacía referencia a su persona. Por ello, lo último que deseaba era que Soledad formara parte de esa lista. Recapacité sobre sus palabras, lo que había dicho antes de entrar en el coche. Ella parecía segura, allí, tan confiada con su arma apuntando hacia mí. Yo me había comportado como un cretino durante toda mi estancia, regido por mi ego, el afán de protagonismo y dolido al ver que nadie me hacía caso. Me pregunté varias veces si Eme lo habría hecho, si, de contar con algunos segundos más, habría sido capaz de terminar conmigo. Nunca lo sabría, pensé, porque, de tener ocasión, cualquier cosa que me dijera después sería una falacia. Pensé sobre esa maldita teoría de estar conectados por un cordón y me repugnó la idea. Habíamos llegado demasiado lejos y hacía tiempo que el punto de retorno se había quedado atrás, más allá del horizonte. La espina de Rojo, se había transformado en nuestra cruzada más personal. Allí tumbado, silencioso y cansado, me di cuenta de lo engañosa que puede ser la nostalgia, el creer que cualquier tiempo pasado fue mejor. Nunca es así, nunca lo fue, ni tampoco lo será. Vivir el día a día, llegar hasta el final de éste, rezar por volver a despertar. Había sufrido mucho con ella, tanto, que mi herida no se había cerrado en años. No obstante, relacioné mis emociones con el amor de aquel verano, un romance que no fue más que eso, pura diversión. Para Eme no había sido más que un pasatiempo que, poco a poco, se convirtió en obsesión. Para mí, una transición de la vida, atraído por su falta de compromiso, la capacidad para sacarme siempre ventaja y convertirse en un desafío constante. Pero, con el tiempo, tanto de una como de la otra cosa, todos nos cansamos. Llega un momento donde ya no interesan los hombres malos, ni los chicos valientes que sobrepasan los límites de velocidad. Tampoco las mujeres fatales imposibles de enamorar, ni las sirenas divinas de difícil acceso. Un momento donde el tablero se invierte y la partida continúa sin nosotros, para dejar paso a aquellos con ansias por ganarle al destino. No necesité más que unos segundos para darme cuenta de que eso que buscaba en forma de felicidad, lo tenía allí: un sol brillante, la brisa de los últimos cartuchos del verano, buena compañía y una cama cómoda. El orden de los factores no alteraba el producto ni mi estado de ánimo. La felicidad en una frase: cerca de lo que uno necesitaba y agradecido en el momento pertinente. Y, yo, no necesitaba más porque, cuando se es feliz, se ha llegado a la meta y sólo se quiere dar.

—Me gustaría hacer algo por ti —dije acariciando su oscura melena—. Algo que te haga feliz.

—Entonces no te muevas... —respondió adormilada. Podía sentir cómo respiraba con profundidad—. Eso es todo lo que necesito para ser feliz.

Dormimos durante dos horas como recién nacidos. El fresco del atardecer que soplaba por la ventana me despertó obligándome a cerrarla. Como una señal divina, momentos después, Rojo llamó por teléfono para indicarnos dónde había hecho la reserva. Cenaríamos sin sobresaltos, como tres amigos que se reúnen en un lugar neutral para hablar de la vida. Eso pensaba yo, así quería que sucediera. Tanto Soledad como yo, merecíamos una explicación. Dejarlo para más tarde, sólo enfriaría las cosas. Era el momento adecuado para sincerarnos en un pequeño comité, contar viejas batallas y marcar las líneas rojas del futuro. En cuanto al oficial, supuse que contaría hasta donde él quisiera. Cada juego tiene sus normas y éste era el suyo. Sólo anhelábamos llegar al final para restablecer el orden en nuestras vidas.

Tomé una ducha y me vestí de la mejor forma que pude para despertar la atención de mi pareja. Al verla tumbada, somnolienta sobre el colchón, como una modelo en una película de Antonioni, decidí que era el momento de dejar a un lado mis impertinencias con el ego, y volver a ser el Gabriel que había conocido, más pícaro que Caballero y, sobre todo, más divertido de lo que me había mostrado en las últimas horas. Dicen que para conquistar a una persona hay que hacerla reír. Todos tenemos humor, hasta quien miente.

Regresamos a las calles de Lisboa, que oscurecían a medida que llegaba el ocaso. Ella vestía informal, bonita, con su chaqueta de cuero, una blusa negra con transparencias y los vaqueros rotos por las rodillas que había llevado el primer día. Lo percibí como un nuevo soplo, como si nada de aquello hubiera sucedido y hubiésemos vuelto al comienzo.

Paseamos por el centro. Se sentía más tranquilo debido al domingo y tuve un agradable presentimiento sobre la noche que iba a acontecer. Contábamos con algunas horas antes de nuestra cita con Rojo, así que decidimos dejarnos llevar como los protagonistas de un filme de Woody Allen y exploramos nuevas rutas sin dar pie a los malos recuerdos, que tan recientes estaban en nuestra retina. Cruzamos parte de Chiado dejando atrás los coches y tomando una cuesta de asfalto que nos llevó a un pequeño entramado de calles, adoquines, más fachadas erosionadas por la humedad y pequeñas tabernas a la espera de clientes. Por el camino, bromeamos, tomamos fotos, manifestamos en público nuestro amor y jugamos con el silencio, esa pausa tan necesaria en el diálogo. El paisaje se mezclaba con fuertes pendientes como en las películas americanas y pequeñas pandillas que trapicheaban con lo que podían. Llegamos al miradouro de Santa Catarina, un lugar desconocido para nosotros hasta entonces y por el que se podía disfrutar de Lisboa, su enorme puente, la puesta de sol y la homogénea imagen de tejados rojizos que pintaban la ciudad. Allí, junto a nosotros, muchos jóvenes lisboetas se reunían en un jardín para beber junto al Adamastor, una roca de gran tamaño que simbolizaba al titán mitológico de Camões, con su melena al viento y esos ojos saltones llenos de furia que impedían a Vasco da Gama llegar al Índico.

En el mirador, avistamos un pequeño bar con terraza y mesitas que permitían hacer una parada y disfrutar del final de la tarde. Para mi sorpresa, a los portugueses les gustaba la fiesta tanto como a los españoles, a pesar de ser más silenciosos que nosotros. Tomamos asiento en una mesa de color verde de aluminio y un joven camarero se acercó a atendernos. Pedimos dos martinis con sus respectivas aceitunas y disfrutamos de una puesta de sol cálida que refrescaba por minutos. Todo parecía ir rodado y tenía la sensación de haberme deshecho de una pesada mochila emocional.

—Es interesante… —dijo ella—. Esas personas… ajenas a lo que sucede tan cerca de ellas… creen estar informadas con quince minutos diarios de televisión… ¿No te resulta increíble?

Di un trago a mi copa y aproveché para sopesar sus palabras. Soledad no solía hablar de esos temas. Me agradaba encontrar profundidad en sus reflexiones. Había vida más allá de la rutina. Por otro lado, cabe decir que no era el mejor martini del mundo, pero tampoco iba a renunciar a él.

—Es una forma de complacencia —respondí dejando la copa triangular sobre la mesa y crucé la pierna—. Mejor así, que vivir con la sensación de que no sabemos nada, ¿no crees? Es una parte de los mecanismos de nuestra mente… Resulta muy cómodo acostumbrarse a la ignorancia cuando tienes a alguien a quien culpar.

—Nunca te he preguntado acerca de esto, pero… —dijo y dio un trago a su bebida viendo a las personas que se fotografiaban junto a la barandilla que separaba el suelo del horizonte—. ¿Qué hacíais en tu trabajo?

—Lo que nos dejaban —contesté melancólico sintiendo la bebida en mi paladar—. El mundo se rige por leyes, Sol… El tuyo, el mío, el de tu oficina, el de tu entorno… Algunas son inquebrantables, otras… no tanto… Hay quien las sigue, quien las cambia desde dentro y quien se limita a saltarlas… pero, incumplirlas, siempre trae consecuencias.

—¿Y quién de los tres eres tú? —Preguntó intrigada.

—En todo caso, era… —respondí—. Ninguno. Yo me limito a entenderlas, que ya es suficiente… ¿A qué viene todo esto?

—¿Sabes, Gabriel? —Dijo sentándose con la espalda recta y con una voz insegura que no me gustó nada—. Creo que no he sido del todo honesta contigo.

Sentí un fuerte temblor en mi estómago.

—Espero que esto no tenga que ver con Barbosa y el restaurante…

—Por Dios, no… —contestó como si hubiera dicho una broma. Expulsé el aire. Lo que viniera después, no me importaba—. No me refiero a eso.

Soledad estaba a punto de darme la sorpresa.

—Empiezo a sentirme nervioso con tanto misterio —dije y levanté la mano para llamar al camarero—. Creo que voy a necesitar otro martini.

—¿Recuerdas la historia de mi padre, verdad? —Preguntó mirándome a los ojos con el ceño fruncido—. Te la he contado tantas veces...

—Sí, claro... Y cómo Rojo te ayudó.

—Precisamente de eso quería hablarte —explicó insegura—. Verás, no sé qué se hablará esta noche en la mesa, pero creo que deberías saber esto... Confío en ti, eso es todo.

El camarero trajo un nuevo cóctel. Las piernas me temblaban y las palmas de mis manos estaban heladas. Me sentía como si fuese a romper conmigo, pero no lo iba a hacer. Odiaba las exclusivas.

Cogí el segundo trago.

—Amor, será mejor que empieces antes de que me emborrache...

Ella agarró la copa de mi mano y la puso sobre la mesa.

—Mi padre no murió como te conté... —dijo. Por su expresión, le resultaba tortuoso recordar los hechos—. Bueno, en realidad, sí... Recibió un disparo en la garganta... Pero eso no es todo. El hombre al que maté, no era un simple traficante, sino un ucraniano que trabajaba para esa mujer.

Estupefacto, me quedé con los ojos abiertos. Eso sí que fue una exclusiva.

—Un momento… —dije levantando las manos—. ¿Me estás diciendo que un hombre de Eme mató a tu padre?

—Así es.

—¿Rojo sabe esto?

—No lo sé, tal vez —respondió dubitativa—. Seguramente sí, él lo sabe todo…

Un edificio de diez plantas se derrumbaba sobre mi cabeza. Algo en mi interior me hizo dudar de todo, incluso de ella.

—¿Hace cuánto que sabes de la existencia de esa mujer?

—Años —respondió con honestidad sin vacilar un milímetro—. Esa fue la razón por la que entré en el cuerpo… Nunca creí que fuera una mujer quien estaba detrás de todo. Eso lo he descubierto ahora, contigo.

—Tú me dijiste que Rojo fue a buscar a su mujer a Finlandia —proseguí—, poco después de aquello…

Soledad se inclinó hacia mí y puso su mano sobre mi pierna para consolarme. Un fuerte ardor emanó de la boca de mi estómago. No era el martini. Estaba enfadado, me sentía un tanto traicionado. No podía quejarme de nada. Sólo me sentía utilizado.

—Escucha, Gabriel —dijo ella tranquilizándome—. Quiero que sepas que mis sentimientos hacia ti son reales, que nada de esto ha sido un engaño para acercarme a ella. Te quiero con locura y tú lo sabes de sobra.

La cabina perdía presión.

Respiraba y soltaba el aire como podía.

Pestañeé confundido y chasqueé la lengua.

—¿Por qué me lo cuentas ahora, Soledad? —Pregunté irritado—. ¿Por qué ahora?

—Porque lo habría arruinado todo —dijo compungida tras mi reacción—. Nuestra relación, nuestras vidas… Todo.

Yo no soy como ella, ni como Rojo... Podría haber disparado cuando la tenía a tiro, sin importarme que estuvieras por medio, sin importarme nada más que mis planes... Pero no lo hice, por ti, por mí y por el futuro que está por llegar. La venganza, no siempre merece la pena.

Sus palabras calaron como una lluvia helada sobre mi cabeza. Me sentí idiota al pensar que, todo ese tiempo, la había intentado proteger de alguien que ella ya conocía. Pero, dejando a un lado mis emociones, esa mujer estaba siendo sincera conmigo, con todas sus consecuencias, a pesar de que podía levantarme y marcharme de allí para siempre. Estaba arriesgando lo que teníamos por una verdad, por continuar algo sin secretos antes de que el Adamastor de nuestra relación irrumpiera para destruirlo. Quise dar un golpe en la mesa, mostrar mi descontento, pero no lo hice, no era un gesto caballeroso ante su acto de valentía.

—¿Crees que sabe quién eres? —Pregunté con los ojos entreabiertos—. Es decir, que eres la hija de...

—No —respondió con firmeza—. Aunque nunca se sabe. Esto también es nuevo para mí.

Empecé a tranquilizarme.

—Me has dejado sin palabras.

—Entiendo que me odies en estos momentos.

—En absoluto —contesté—. Por mucho que una parte de mí quiera, no puedo... Debe de ser eso que llaman amor, ¿no?

Sus ojos se iluminaron. Yo acerqué mi mano a la suya. Sentí un fuerte apretón por parte de sus dedos. Juntos, seguíamos siendo invencibles.

Su teléfono comenzó a sonar.

—Es Rojo —dijo Soledad mirando la pantalla—. Será mejor que vayamos al restaurante.

Y así hicimos.

Si lo que buscaba era una velada entretenida, la iba a tener.

25

Metidos de lleno en una noche cerrada, regresamos al barrio de Chiado y nos dejamos llevar cuesta abajo hasta llegar a la famosa Taberna da Rua das Flores, que se encontraba donde su nombre indicaba. Una estrecha calle de viejos edificios restaurados donde diferentes restaurantes ocupaban sus bajos. Por el principio de la calzada, los coches salían de un aparcamiento público. Tras una estrecha y alta puerta verde, Rojo nos esperaba en el interior de una taberna portuguesa, con el aspecto típico de los lugares que él solía frecuentar: mesas pequeñas de madera, botellas de vino como decoración, antiguos muebles, pizarras y azulejos de antaño. Un lugar de paso, apenas retocado y con dos salones, pero con el encanto que tanto añoraban los locales. Rojo esperaba sentado en una mesa con una copa de vino tino. En el local se podía escuchar inglés, portugués y, por supuesto, español.

—Pensé que se os había parado el reloj —dijo echándose una aceituna a la boca. El olor era agradable y los platos variados. Carnes, mariscos, ensaladas… El estómago me lo agradecería.

—Veo que conoces todos los tugurios de la península ibérica —contesté dejando paso a Soledad y sentándome junto a ella—. La necesidad de sentirse como en casa, ¿cierto?

—Más o menos… —dijo él—. ¿Os habéis recuperado?

—Veo que tú sí.

—Serás mendrugo… —respondió con una sonrisa y llamó

al camarero—. Es parte de mi trabajo.

El empleado nos dijo qué sólo servían platos frescos, así que Rojo se adelantó y pidió unas anchoas de Portimao, sardinillas fritas, lenguas de bacalao rebozadas, unos callos de mar y tierra con langostinos y una cazuela de mejillones con una salsa típica portuguesa. Después, el camarero descorchó una botella de vino tinto y brindamos al unísono mientras se preparaban los platos.

—Aquí lo del pan con tomate no se lleva mucho, ¿verdad?

—Anda, no seas cateto, Caballero —contestó—. A donde fueres, haz lo que vieres.

Soledad se rio y encontré a un Rojo de buen humor, lo que me llevó a sospechar de que el día no había terminado para él tan mal como había pronosticado en un principio.

Era extraño, aunque no por ello dejaba de ser agradable. La última que Rojo y yo nos habíamos sentado junto a una mujer en la misma mesa, había sido en El Jumillano, el restaurante alicantino donde nos habíamos reunido con Eme por primera vez. Un verano fatídico en el que Rojo había tenido en frente a la mujer que arruinó a su familia y le robó el sueño para siempre. Por un instante, tuve la sensación de estar allí de nuevo, junto a ella, pero no fue más que una mala pasada de la imaginación. Rojo me entregó una mirada que supo a pasado y pude comprender que él sentía algo similar. Rompí el silencio con una anécdota del día relacionada con el matrimonio italiano y dejé que el vino distendiera la reunión antes de preguntarle por sus asuntos. Soledad jugó su rol, así como Rojo el suyo. Parecía un ejercicio de danza en los que se movían sin tocarse. Una vez la cena empezó a saciar los apetitos y la segunda botella de vino llenó las copas vacías, me sentí más fuerte para ahondar en el por qué de su visita. Rojo sabía algo desde hacía tiempo y yo quería que me lo contara.

—¿Desde cuándo conoces la ciudad? —Pregunté curioso—. Me sorprende cómo te desenvuelves con el entorno.

Él carraspeó y dio un trago a su copa. No supe ver si estaba nervioso o simplemente necesitaba más vino. El calor de la taberna y la ingesta de caldo enrojecía nuestros rostros.

—Tuve una novia portuguesa... —contó apoyando su brazo en la mesa e inclinándose como si hiciera una confesión secreta—. Era muy guapa y yo muy joven... Pasé aquí unos meses, pero, ya sabéis... Yo con los idiomas... Ni con el portugués entraba en vereda.

—A ti es que te gusta mucho el jamón serrano... —comenté con burla—. Y tanto tocino te afecta al cerebro...

—Tocino el que tienes tú dentro de la cabeza, graciosillo... Venir aquí me trae buenos recuerdos —contestó y puso la atención en la superficie, ahogado en un pozo de recuerdos que parecían mezclados—. Este lugar sigue igual que cuando cumplí dieciocho años, aunque no estaba lleno de turistas ni de papanatas modernos, ya me entendéis... Supongo que soy de otra época y me cuesta entender algunas cosas de los tiempos que corren.

—No hace falta que lo jures —respondí—. ¿Cómo sabías que estaba aquí?

Sus pupilas seguías clavadas en la mesa. Guardó silencio. Sentí la mano de Soledad en mi pierna. Debía andar con cuidado.

—Estaba esperando a que me lo preguntaras, Caballero... —dijo sin levantar los ojos—. Dos años pueden dar para mucho... o para nada. En mi caso, nunca se sabe y yo tampoco he aprendido a quedarme quieto... Pensé que todo había terminado ese verano, pero no... Lo de Gutiérrez me sentó muy mal, no sabes cuánto.

—No te vayas por las ramas, que nos conocemos, Rojo.

—No me toques los cojones, ¿quieres? —Dijo malhumorado y me miró fijamente. Los dedos de Soledad apretaron mi muslo—. Recibí un soplo, no te voy a decir de quién pero, a efectos, tampoco serviría de mucho... Moreau es un majadero que juega a ser James Bond pero sin arma y con un ego más grande que España entera...

Sin embargo, hizo amistad con quien no debía y se llevó algo que no era suyo. A todos los tontos les da por lo mismo.

—¿Así, por la cara? —Preguntó Soledad.

—Más bien, por equivocación —rectificó Rojo—. Si ponían el cebo delante de él, en lugar de dejar los documentos en su sitio y no meterse donde no le llamaban, sabían que haría lo que fuera por buscar protagonismo internacional.

—¿Pero quién tendría interés en hacer algo así? —Pregunté intrigado—. Esos documentos pertenecían a…

—Siempre hay alguien haciendo algo indebido —interrumpió—. Siempre. Por desgracia, esa mujer no era la única que estaba interesada en ellos.

—¿Qué tiene que ver esto con ella?

—El estúpido de Moreau recorrió el norte de España en coche —continuó el oficial—, pernoctó en San Sebastián y Salamanca. Hasta ahí todo bien, si no fuera porque alguien rebuscó en su habitación del hotel la primera noche y después registraron su coche. Por supuesto, iban detrás de lo que guardaba ese idiota. En un principio, no puse la mínima atención hasta que identificaron a uno de esos tipos y nos enviaron una circular con su rostro… Adivina, uno de los matones que pertenecía a la organización de Arvid Eettafel… ¿Te va sonando la historia?

—Podía ser una casualidad —contesté buscando la manera de no aceptar lo contrario—. Ese hombre…

—Las casualidades no existen, Caballero —dijo y se limpió los labios con la servilleta—. Ya, no. ¿No te has dado cuenta todavía?

La mano de Soledad perdió presión. Las palabras del oficial la pusieron en jaque por un momento. Después pensé, por enésima vez, en lo que me dijo aquella chica finlandesa que me habían puesto de cebo nada más llegar a la ciudad.

—Y aunque existieran… —dije aceptando los hechos—. ¿Sigues buscando la manera de vengar la muerte de Elsa?

Soledad miraba a Rojo como una espectadora de telenovela. Él dudó en contestar por un instante, pero estaba acorralado.

—Ya te lo he dicho anteriormente... —respondió apretando la mandíbula—. Elsa siempre fue la mujer de mi vida... hasta que dejó de serlo. Una vez más, te digo que no hay vuelta atrás. Llegaré hasta el fondo de esta historia, cueste lo que cueste. Alguien tiene que hacerlo. ¿No crees?

—Ya no sé qué creer, Rojo...

El oficial se dio cuenta del rumbo que tomaba la noche, así que rellenó las copas con el vino restante y alzó el brazo.

—Anímate, hombre... —dijo invitándonos a un brindis—. Al menos, por esta cálida reunión que nos ha acogido aquí en Lisboa.

—Eso es —dijo Soledad—. No hay mal que por bien no venga.

—Anda, otra literata —comentó jocoso—. Quién iba a pensar que vosotros dos acabaríais juntos, ¿eh?

Brindamos y bebimos. Soledad sonrió por educación y el vino cruzó mi garganta como un bálsamo.

—Y bueno... —prosiguió con la lengua acelerada. Una vez se hubo desentendido del tema de Eme, agarró carrera para evitar que volviera a él, aunque no tenía intenciones de hacerlo—. Contadme sobre vuestras vidas... Sé que he estado ausente durante un tiempo y que no soy quién para interrogaros, pero conociéndoos un poco... ¿Qué diantres pasa aquí?

—No te hacía yo un chismoso...

—Me preocupo por los que me importan, no te quejes.

Ella me miró y yo hice lo mismo. Rojo buscaba una explicación sincera. Sentí su miedo, su respeto hacia el oficial a causa del pasado y el temor a que yo no estuviera de acuerdo con su respuesta después de su confesión. Me adelanté quitándole esa carga de encima.

—Somos novios —respondí con seguridad y vi cómo Soledad se mordía el labio inferior—. Vivimos juntos desde hace un tiempo y nos queremos. ¿Qué más quieres saber? Es lo que hace la gente normal, ¿no?

Rojo se echó hacia atrás, sacó el morro y me observó durante unos segundos. Después se rio.

—Joder, Gabriel, lo que has cambiado para considerarte una persona normal... —dijo burlándose de mí—. Jamás pensé que te escucharía decir eso... ¿Cuánto vino has bebido?

—Te estoy hablando en serio —respondí con seriedad—. Las personas cambian, tú también, aunque no lo quieras ver...

—Le advertí que no jugara contigo —dijo dirigiéndose a Soledad con su tono paternalista—. Ya sabes, me preocupaba por todos.

—Y no lo hice —respondí mirando a Sol—. Creo que fue la única vez que le hice caso.

—¿De verdad que puedes convivir con este mendrugo?

Rojo miró a Soledad fingiendo incredulidad.

—Sí, así es —dijo ella con una dulce sonrisa.

—Ahí va mi vieja... —contestó divirtiéndose y tapándose los ojos con la mano—. Tú sabrás lo que haces, chica... En fin, pedid café y una ronda de ginja que a esta cena invito yo... Por fin algo que celebrar...

Rojo se levantó y caminó en busca del aseo.

—¿Siempre se toma las buenas noticias así? —Preguntó Soledad.

—Las buenas, sí —contesté mirando la silueta del policía—. Las malas, mejor que no lo sepas.

De repente, sentí el calor de mi compañera en la piel.

—Entonces... —susurró con voz melosa—. ¿Eso es lo que somos?

—De momento... —respondí y giré el rostro encontrando su mirada y esos labios carnosos que los contratiempos me habían impedido besar—. Eso es lo que somos.

Tomamos café y licor portugués para rematar una noche placentera a la luz de las lámparas de aquella taberna que, después de todo, me dejaría con buen sabor de boca y un dulce recuerdo. Miré el reloj y la medianoche se acercaba. Para mí, ese era el lugar donde estaba cómodo, junto a ellos dos. Aunque no fuesen mi familia de sangre, eran las dos personas más cercanas en ese momento y las que más necesitaba, porque sí, los hombres como yo, por muy vivaces y libertinos que aparentáramos ser, también necesitábamos de otros para continuar disfrutando los amaneceres.

Rojo regresó, sirvieron los cafés y tomamos la ginja como había sugerido. El licor portugués era más fuerte de lo que recordaba y las copas previas no ayudaron a que entrara en mi estómago sin causar estragos. Tras una disputa por ver quién pagaba la cuenta, dejé al oficial que se hiciera cargo de ella.

—¿Cuál es tu plan? —Pregunté a Rojo mientras sacaba los billetes de la cartera—. ¿Qué has averiguado?

Sopesó la respuesta, por lo que deduje que me colaría otro embuste de los suyos.

—No tengo ningún plan, Gabriel —dijo contando el dinero para asegurarse de que no faltara nada—. Mañana regresaré a Alicante, eso es todo. Supongo que como vosotros. La vida continúa.

—Continuar, continúa… —contesté de reojo esperando que me aclarara algo—, pero no de igual manera para todos.

—Por supuesto que no —dijo indicándome que no era el momento oportuno—. Algunos lo tienen más fácil y sólo tienen que rellenar páginas de un libro.

Resoplé y alcé la bandera blanca. El perro de caza mostraba sus dientes. A mi vera, Soledad bostezaba a causa de la cena y el vino. La retirada se acercaba y yo no quería irme sin un adelanto de lo que había cambiado el humor del policía.

Entonces, ella se levantó para ir hacia el baño. No habría mejor momento en la noche para que el oficial me confesara lo que ocultaba.

—¿Qué sabes, Rojo? —Pregunté bajando la voz—. Sé que no hablas porque está ella delante, pero ahora que se ha ido... ¿Ha sido ese francotirador quien ha cantado?

Rojo daba el último sorbo al poso que había quedado de café en su taza.

—No insistas, pelmazo —respondió impasible—. Conozco tus interrogatorios de periodista comarcal...

—¡Venga, hombre! —Exclamé indignado—. Somos amigos...

—Este no es un lugar seguro, ni siquiera para mí, Gabriel —murmuró fijando su interés en mi rostro—. Te lo haré saber cuando llegue el momento... Mientras tanto, disfruta de la velada, que ya hemos tenido bastante este fin de semana. Un poco de calma no te vendrá mal.

—Es injusto, Rojo, estás siendo muy injusto conmigo...

—¿No irás a ponerte a llorar con la edad que tienes? —Preguntó con mofa—. Compórtate, hombre, que esta no es la casa de tus padres.

—Lo haría con tal de dejarte en ridículo —contesté. Ese mamonazo sabía cómo encontrarme—, pero está ella, y el ridículo caería sobre mí... En fin, no eres el único que ha descubierto algo nuevo.

Él me miró silencioso, vacilante, con ansias de saber más pero, a diferencia de mí, podía controlar sus impulsos.

—Sé paciente, amigo —sentenció recuperando el tono serio—. La curiosidad, mata al gato. Es la única manera de encontrar la salida de este laberinto.

—¿Y si no la hay, Rojo?

—Siempre la hay cuando se trata de personas.

Antes de que pudiera formular la siguiente pregunta, Soledad regresó a la mesa y se formó un ligero silencio.

—¿De qué hablabais? —Preguntó rompiendo el hielo—.

Si no interrumpo, claro.

—Me estaba asegurando de que tu novio no te había mentido —dijo Rojo y se levantó de la mesa con intención de despedirse—. Es tarde, pronto será medianoche y mañana tengo un largo viaje en moto.

Abandoné mi silla y me acerqué a él en medio de la taberna. Rojo me acogió con sus brazos y me dio una fuerte palmada en la espalda como símbolo de hermandad.

—Cuídate, Rojo —dije junto a su cabeza—. Te llamaré cuando regrese.

—No —contestó riendo—. Sabes bien que soy yo quien siempre te contacta… No cambies los rituales.

Como Eme, pensé.

Después se acercó a Soledad y le dio dos besos.

—Allá donde esté —dijo tocándole el brazo—, tu padre estará orgulloso de tener una hija como tú.

—Y un futuro yerno como éste… —apunté chistoso.

—Conociendo a su padre —comentó Rojo—, de eso último, no estoy tan seguro.

Sus palabras se fundieron en una risa amistosa y el oficial salió por la puerta de la taberna en una noche fresca y tranquila que cerraba la semana en la capital portuguesa. Allí, en silencio, Soledad me miró como no lo había hecho antes en todo el fin de semana. No hacía falta ser un adivino para saber en qué estaba pensando.

—¿Sabes qué me apetece ahora? —Preguntó con voz sensual. Sus ojos brillaban como castañas sobre una llamarada de fuego.

—Sé lo que me apetece a mí.

—Llévame al hotel, Gabriel.

—Sólo tenías que pedirlo.

Por fin, estar despierto hasta medianoche cobraba sentido.

26

A la mañana siguiente, desperté con la melena despeinada y revuelta de Soledad a un lado. Casi desnudos bajo las sábanas. La noche anterior habíamos fundido nuestros cuerpos hasta convertirlos en uno. La alquimia humana. La claridad del lunes entraba por la ventana y los rayos del sol calentaban mis pies. Perdido en vaivén de sensaciones matinales, donde la mente divaga entre lo onírico y lo consciente, escuché un ligero golpe a la puerta. Meditabundo, sospeché que sería el servicio de habitaciones. Opté por guardar silencio. Al comprobar que esa persona seguía ahí, me levanté en calzones, me puse la camisa azul de la noche anterior y abrí la puerta con sigilo para no despertar a mi sirena.

Sin esperarlo, un empleado del hotel apareció con un ramo de rosas en la entrada. Creí que se habría equivocado de habitación.

—Buenos días, señor Caballero —dijo en español con un fuerte acento portugués. Era joven, más alto que yo y parecía educado y simpático—. Siento haberle despertado, pero alguien encargó que le entregaran estas flores a las diez.

—¿Flores? —Pregunté observando con desaire al enorme ramo de rosas—. ¿Quién manda flores a estas horas? ¿A mí?

—Así es, señor —confirmó—. Un huésped del hotel lo pidió de esta manera. Lamento las molestias, señor.

—No, no es molestia… —contesté y me acordé de

Moreau, que tal vez se habría disculpado, o en ese repipi de Barbosa, en una intentona por jugar su última carta con mi amada. El empleado me entregó el enorme ramo y el olor de las flores me despertó de un soplo—. Gracias por su servicio.

—Que tenga un buen día —dijo y se despidió. Puse el ramo sobre el alféizar de una ventana y me aseguré de que Soledad seguía dormida. Encontré una tarjeta en el interior de un sobre plateado. Tenía curiosidad por conocer a la persona que había sido tan amable de regalarme rosas. Si no eran para mí, cambiaría la tarjeta por una con mi nombre.

Al abrir el sobre, un halo de perfume tapó la fragancia de las flores. Era un perfume delicado, conocido y familiar. Era el perfume de Eme y, con sólo sentirlo, desperté por completo. Se me encogieron las tripas. Las manos me temblaron de miedo y curiosidad. Saqué la tarjeta de color blanco. Encontré unas líneas a mano. Era su caligrafía, no me cupo duda. Me había dedicado unas palabras:

Amado Gabriel, estas flores no son para ti, sino para ella.
Lo he intentado todo este tiempo, pero no he sido fuerte.
Te he recordado en cada minuto, pero no he sido capaz de olvidarte.
Me duele verte con ella, entre sus alas.
Me duele verte sin mí, en la distancia.
Sabes que estoy dispuesta a amar, pero sin ser compartida.
Sabes que no estoy dispuesta a que me amen, para que después me den por perdida.
Celebra el hoy, porque quizá no habrá mañana.
En la distancia cuento las horas, para encontrarte entre mis sábanas.
Amado Gabriel, estas flores no son para ti, sino para ella.
Estas flores no son para celebrar tu amor, sino su funeral.

Con la mente en blanco, caminé hasta el baño, destruí el poema en varios pedazos y lo tiré por retrete. Después introduje más papel higiénico para que se los llevara y pulsé el botón de la cisterna. Mi mente no lograba salir del trance que había creado. Esa mujer estaba loca, dispuesta a luchar por lo que consideraba suyo, aunque no le perteneciera. Lista para arruinarme la vida como a Rojo. Allí, junto a la taza, contemplé a Soledad con los ojos cerrados y una sonrisa placentera. Allí, la vi dormida y la envidié. Me cuestioné si yo despertaría algún día. Eso era todo. Hubiese preferido que se tratara de un mal sueño, de una broma pesada. Pero estaba equivocado.

La más horribles de mis pesadillas acababa de empezar.

SOBRE EL AUTOR

Pablo Poveda (España, 1989) es escritor, profesor y periodista. Vive junto al mar donde escribe todas las mañanas. Cree en la cultura sin ataduras y en la simplicidad de las cosas. Entre su obra destaca:

Serie El Profesor
El Profesor
El Aprendiz
El Maestro

Serie Gabriel Caballero
Caballero
La Isla del Silencio
La Maldición del Cangrejo
La Noche del Fuego
Los Crímenes del Misteri
Medianoche en Lisboa

Serie Rojo
Rojo

Serie Don
Don
Miedo

Únete a la lista VIP de correo y llévate una de sus novelas en elescritorfantasma.com/book

Contacto: elescritorfant@gmx.com

Página web: elescritorfantasma.com

Si te ha gustado este libro, te agradecería que dejaras un comentario donde lo compraste.